RESTWÄRME

KERSTIN PREIWUß

RESTWÄRME

ROMAN

BERLIN VERLAG

Die Arbeit an diesem Buch wurde
gefördert durch die Kulturstiftung Sachsen
und das Künstlerhaus Edenkoben.

MIX
Papier aus verantwortungsvollen Quellen
FSC® C083411

Umschlaggestaltung: ZERO Werbeagentur, München
Typografie: Birgit Thiel, Berlin
Gesetzt aus der Candida von Fagott, Ffm
Druck und Bindung: CPI – books GmbH, Leck
Printed in Germany
ISBN 978-3-8270-1231-9

www.berlinverlag.de

Wir brauchen die Vergangenheit nicht zu zerstören: sie ist fort;
jeden Augenblick könnte sie wiederkehren, Gegenwart scheinen und sein.
Wäre es eine Wiederholung? Nur wenn wir dächten, wir
besäßen sie, aber da wir's nicht tun, ist sie frei und wir ebenso

John Cage: Silence

ERSTER TEIL

Der Flug war ohne Zwischenfälle verlaufen. Sie hatte Lufthansa gebucht, obwohl die teurer waren, weil noch nie eine Maschine der Lufthansa abgestürzt war. Neben ihr saß ein Elternpaar mit Baby, und kein Flugzeug, in dem ein Baby mitflog, würde abstürzen, so etwas passierte einfach nicht. Das Kleine wurde abwechselnd von Vater und Mutter auf den Arm genommen, je nachdem, zu wem es sich drehte. Dabei brabbelte es vor sich hin. Es hatte die ganze Startphase über geschrien, bis seine wenigen Haare nass am Kopf klebten, sich durchgebogen und immer wieder zurückgeworfen, sodass seine Eltern es kaum halten konnten. Die Ohren, sagte seine Mutter entschuldigend zu ihr, es tut ihm in den Ohren weh.

Sie konnte das Baby verstehen, denn obwohl es während des Flugs keine Turbulenzen gegeben hatte, war sie nassgeschwitzt. Der Schweiß war ihr ausgebrochen, nachdem die Flugbegleiterin zwei junge Männer in der Reihe hinter ihr gebeten hatte, sich leiser zu unterhalten, sie würden die anderen Passagiere stören. Die beiden warteten, bis die Frau weitergegangen war, dann fuhren sie lautstark mit ihrer Unterhaltung über Filme fort, in denen Flugzeuge abstürzten. Sie drehte sich um und starrte die Männer an, aber es änderte nichts, die beiden animierten sich gegenseitig mit Begeisterungslauten zu immer neuen Details. Lautlos wünschte sie ihnen Impotenz wegen zu hoher Strahlenbelastung und drehte sich wieder zurück. Mit der Wut kam der Schweiß, er nässte bereits unter ihren Achseln, es juckte, als würden kleine Nadeln von innen durch die Haut stoßen. Um sich vom Kratzen abzuhalten, presste sie die Hände gegen die Oberschenkel. Es kam vor, dass sie allergisch auf ihren eigenen Schweiß reagierte, selten zwar, aber es war schon passiert, in jedem Fall machte es ihr das Leben nicht einfacher, bei Vorstellungsgesprächen etwa oder bei Verabredungen. Sie hatte darum alle erdenklichen Entspannungsübungen gelernt und war mit Bachblüten, Yoga und autogenem Training vertraut. Die Kombination von Bachblütentropfen und autogenem Training half normalerweise gut, nur beim Fliegen versagte jedes Mittel.

Sie befahl sich, an etwas anderes zu denken. Mutter hatte sie noch am späten Abend angerufen. In ihrer Stimme hatte ein Unterton gelegen, der sie, obwohl sie schon im Bett lag, schlagartig munter machte. Mutter rief sonst nie an. Sie hatte die Bettdecke beiseitegeschoben, war mit dem Telefon ins Bad gegangen und hatte sich auf die Toilette gesetzt. Dort war es am kühlsten. Das Gespräch war kurz. Sie sagte, sie werde kommen, und legte auf, ohne die Antwort abzuwarten. Danach blieb sie sitzen, das Telefon in der Hand. Obwohl sie kaum etwas gesagt hatte, war sie erschöpft. Der Schweiß sammelte sich zwischen ihren Brüsten, aber das konnte auch an der hohen Luftfeuchtigkeit liegen, selbst in den Nächten kühlte die Luft hier nicht ab. Ihre Knappheit am Telefon war eine Flucht nach vorn gewesen, in ihrer Vorstellung behielt auch Mutter den Hörer in der Hand.

Die beiden Männer gingen noch bis kurz vor dem Landeanflug sämtliche ihnen bekannten Katastrophenfilme durch, erst dann wurden sie ruhiger. Sofort nachdem das Flugzeug still stand, brach in der Kabine eine geschäftige Hast aus, alle griffen nach ihren Taschen und drängten aus der Maschine. Sie stand auf, um die Familie mit dem Baby durchzulassen. Die Hose klebte ihr an den Beinen, und dort, wo sie gesessen hatte, glänzte das Leder. Unauffällig löste sie den Stoff von der Haut, nahm ihre Reisetasche und ging zum Ausstieg.

Die Wohnung machte einen vernünftigen Eindruck. Ein paar Teller mit angetrockneten Resten standen in der Küche neben benutzten Gläsern und einer halben Pizza, die eingesunken in ihrem Pappkarton lag, aber das war in Ordnung. Normalerweise räumte Marie alles weg, bevor sie wiederkam. Sie ging weiter bis zum Zimmer ihrer Tochter und öffnete die Tür. An den Wänden hingen Poster einer Boyband. Ganz oben auf dem Regal stand eine Lavalampe, in der träge Blasen schwebten. Das Bett war nicht gemacht, und auf dem Boden lagen die Sachen, die sie gestern getragen haben musste. Das weiße Trägerhemd war viel zu kurz, um die Nieren zu bedecken. Bei dem Wetter würde sie sich erkälten.

Sie riss ein Blatt aus einem der Collegeblöcke auf Maries Schreibtisch und zog die Tür wieder hinter sich zu. Marie mochte es nicht, wenn sie heimlich in ihr Zimmer ging. Sie wiederum hatte etwas dagegen, dass ihre Tochter sich zu dünn anzog. In gewisser Hinsicht waren sie also quitt.

Mit dem Blatt setzte sie sich in die Küche und schrieb einen kurzen Brief, in dem sie erklärte, dass sie zwar früher zurückgekehrt, aber schon wieder unterwegs war. Bereits beim zweiten Satz geriet sie ins Stocken. Sie setzte an, strich durch, setzte erneut an, bis die Wörter schwarz übermalt waren. Dann zerknüllte sie das Blatt und warf es in den Müll, nur um es gleich wieder herauszuholen und in ihre Hosen-

tasche zu stecken. Es war besser, Marie erfuhr nichts davon. Sie hatten abgemacht, dass sie zum Schlafen zu einer Freundin ging. Marie war es gewohnt, häufiger dort zu übernachten, während sie für die Arbeitstreffen in Neapel war. Das war eine stille Übereinkunft zwischen ihnen und es funktionierte gut.
Sie ging in den Flur zurück, schulterte ihre Tasche, ohne noch einmal hineinzuschauen, und verließ die Wohnung.

Die Fahrt dauerte drei Stunden auf einer Strecke, für die man eigentlich die Hälfte der Zeit brauchte, aber der Zug hielt alle zehn Minuten. Manchmal waren es nur Behelfsbahnhöfe. Sie war gleich nach oben gegangen und hatte sich einen freien Vierersitz gesucht, sie konnte nur in Fahrtrichtung sitzen, andernfalls wurde ihr schlecht. In Fahrtrichtung zu sitzen war die einzige Sicherheit, die ihr das Fliegen bot. Ansonsten gab es nur Nachteile, vor allem konnte man sich nicht aussuchen, wo und neben wem man saß, oder den Platz wechseln, wenn einem der Sitznachbar nicht passte.
Nach dem nächsten Halt ging ein Mann an ihr vorbei, sah auf die Tasche, die sie auf den gegenüberliegenden Sitz geworfen hatte, und fragte, ob der Platz noch frei sei. Sie zuckte zusammen, als wäre er zu nah an sie herangetreten, und war zugleich von sich selbst peinlich berührt. Die meisten Doppelsitze waren belegt, es war also nur eine Frage der Zeit, bis sich jemand zu ihr setzen würde. Sie zog die Tasche weg. Der Mann nahm den Platz schräg gegenüber, seine Knie stießen dabei fast an ihre Beine, sodass sie die Füße einzog, um nicht unhöflich zu wirken. Sie musterte sein Spiegelbild in der Fensterscheibe. Er war schon alt.

Auf dem Kopf trug er eine jeansfarbene Schirmmütze, an der rechts über dem Ohr mit einer Sicherheitsnadel drei Federn eines Eichelhähers befestigt waren. Es waren die Schmuckfedern, die es nur an den Flügeln gab.
Sie lehnte den Kopf gegen die Scheibe. Der Wind zog durch die Ritzen und ließ sie frösteln, obwohl es Juni war. Berlin hatte sie mit empfindlicher Kühle und Regen begrüßt. Ihre Hose hatte vom Saum her die Nässe aufgesogen und lag wie ein feuchter Lappen um die Knöchel. Ihre Füße waren nackt und steckten in Sandalen. Seit der Landung waren sie kalt.
Langsam dünnten die Vorstädte aus. Man konnte in die Gärten hinter den Häusern schauen. Planschbecken lagen neben umgekippten Dreirädern schlaff im Gras. Stühle lehnten an Plastiktischen, ein paar Obstbäume, ansonsten Gemüsebeete und Rasen. Nur die Zucchinipflanzen waren neu, sie ersetzten nach und nach die Kürbisse auf den Komposthaufen.
In den Mülleimer unter dem Fenster hatte jemand ein Hakenkreuz geritzt. Dahinter zog die Landschaft vorüber. Ein paar Rehe standen am Waldrand wie eine Momentaufnahme. Die Hügel der Endmoräne hatten bereits die Kiefernwälder und ihren sandigen Untergrund abgelöst, sie kam ihrem Ziel also näher. Ab und an war ein See zu sehen, sonst Felder, manche schon am Blühen, die meisten jedoch noch grün. Kuhherden standen ergeben auf durchtränkten Wiesen. Durch den Regen, der jetzt über das Fenster schlierte, waren sie jedoch nur schemenhaft zu erkennen. Das Prasseln war trotz der Zuggeräusche deutlich zu hören, mal stärker, mal schwächer, aber immer da.
Mit dem Zug nach Hause kommen, das hieß, langsamer als

langsam sein, einspurig. Warten auf den Gegenzug, kein ICE, nur Regionalbahn und ab und zu ein InterCity. Dafür Rehe, Kraniche, Füchse vielleicht und Natur, ja Natur: sehr schön hier, vierzig Kilometer Nacht waren kein Problem, nur Davonkommen war schwer, man hing so am Land, dass es an einem zog, wenn man es verließ, eine Art Herzschmerz, aber das war nur ein Bild, denn im Bauch saßen wesentlich mehr Nerven. Man musste wohl einen Ort finden für all die widersprüchlichen Gefühle, und da hatte das Herz gewonnen, denn hier ging das arme Blut rein und kam reich wieder raus, während der Magen bloß verschob, was am Ende den Körper verließ, vielleicht war die ganze Heimatsehnsucht nur so etwas wie eine Herzmetapher für den Bauch.
Es war unversehens über sie gekommen. Das Wort *Zuhause* hatte sich in ihr gebildet, ohne dass sie sich dagegen wehren konnte. Es passte nicht mehr. Es passte immer noch. Es hing an ihr und ließ nicht los. Eine Umklammerung, die nach außen wie eine Umarmung wirkte, der man den Würgegriff aber nur nicht gleich ansah.
Sie zwang sich, an etwas anderes zu denken. Das Treffen war gut verlaufen, sie hatte vorgearbeitet und konnte bereits einige Auswertungen präsentieren, die den Kollegen in Neapel helfen würden. Sie war stolz auf sich und ihre Arbeit, es bedeutete etwas, Teil einer internationalen Forschungsgruppe zu sein. Es war nicht einfach gewesen in der letzten Zeit, wie so vieles wurde auch ihr Institut wenn nicht abgewickelt, so doch zumindest verschlankt, und sie hatte ihre Chance genutzt. Schon während des Studiums hatte sie sich auf Tektonik spezialisiert und ihre Praktika im Observatorium in Collm absolviert. Dort war es ihre Auf-

gabe gewesen, sämtliche Erdbeben weltweit zu erfassen und auszuwerten. Es gab flache und tiefe Beben, Nah- und Fernbeben, die von Störungen und Atombombenexplosionen zu unterscheiden waren. An manchen Tagen gab es bis zu eintausendfünfhundert Beben. Das waren Schwarmbeben. Sie traten in zehnminütigen Abständen auf und unterschieden sich von den Fernbeben hinsichtlich ihrer Wellenstruktur. Ein Schwarmbeben hatte erst eine kleine Amplitude, bevor es zur großen kam, ein Fernbeben dagegen war niedrig auf den Oberflächenwellen, sein Seismogramm aber wurde mit zunehmender Entfernung immer länger. Fernbeben sandten Wellen, die bis durch den Erdmantel zum Erdkern vordrangen, dort reflektiert wurden und an anderer Stelle wieder an die Oberfläche kamen, bevor sie sich erneut auf den Weg durch die Erde machten. Je stärker das Beben gewesen war, desto mehr Wellen sandte es aus. Man müsse, sagte der Leiter der Station, sich das wie einen Weihnachtsstern vorstellen, der durch einen dreidimensionalen Raum bricht. Nicht jede der Zacken stoße direkt vor ihrer Haustür durch die Erde. Weil die Erde jedoch aus unterschiedlichen Strukturen bestehe, würden am Ende alle Zacken so weit abgebogen, dass sie ihnen stets zu Füßen fielen. Aber der Vesuv, hatten ihre italienischen Kollegen gesagt, ist unberechenbar. Ist wie eine schwangere Frau, die gerade ihr Kind überträgt. Wir können nur messen und immer wieder messen, vorhersagen lässt sich nicht, wann der Ausbruch kommt.

Sie dachte daran, gleich nach ihrer Ankunft Marie anzurufen, entschied sich aber dagegen. Solange sie sich nicht meldete, war alles in Ordnung. Das zu wissen reichte. Sie griff zu dem Buch, das sie für die Reise mitgenommen hatte.

Jemand kehrt nach Hause zurück, obwohl niemand es von ihm erwartet hatte. Dennoch begrüßten ihn alle.
Eine Melodie und eine automatische Stimme kündigten den nächsten Halt an. Sie horchte auf. Das Lied hatte sie zuletzt als Kind gehört. Als die Stimme verebbte, erhob sich der Mann, verabschiedete sich knapp und ging zum Ausstieg.

Der Zaun hatte seine Farbe behalten: ein splittriges Grün, unter dessen Abblätterungen das Holz hervorlugte. Er stand schief da mit seinen nach oben zugespitzten Pfählen, als bildete er Palisaden um eine längst verlassene Burg. Beim Öffnen stemmte sich das Tor in den Sandboden, weil das Holz über die Jahre nicht aufgehört hatte zu arbeiten. Holz kam nie zur Ruhe.
Sie beeilte sich. Der Himmel hatte längst seine Struktur verloren, keine Wolke war mehr von einer anderen zu unterscheiden, und es schüttete wie aus Eimern. Der Garten war in ein fahles Zwielicht getaucht, das alle Pflanzen gleich aussehen ließ, ein wildes, fleischiges Wachstum, das sich unbändig in alle Richtungen wand. In den Ritzen des Plattenwegs, der zum Haus hinunterführte, hatte sich Löwenzahn eingenistet, an dessen Blättern braune und schwarze Schnecken klebten.
Das Haus sah aus wie ein Bunker. Bis auf das Dach mit seinen moosbewachsenen roten Schindeln unterschied es sich nicht vom Himmel. Irgendwann würde es in sich zusammenfallen. Das Dach würde erst undicht werden, dann einsacken. Der Wind würde hineinfahren in die durchgelegenen Betten, die Treppe runterrasen und durch das Haus fegen und die Geweihe von der Wohnzimmerwand hebeln, und dann würde der Regen alles durchnässen. Nach ihm würde der Schimmel langsam die Wände entlangwachsen und sich allmählich mit der Luft verbinden, bis aus dem Haus ein feuchter Schwamm geworden war. Selbst wenn

man sie dafür aus dem Tiefschlaf holte, könnte sie den Grundriss zeichnen. Eine Zeitschrift suchte immer mal wieder Fotos vom Ende der Welt. Hier bot sich gerade ein gutes Motiv an.

Der Schlüssel lag wie früher in dem verlassenen Vogelhaus. Sie griff aus alter Gewohnheit hinein, nicht weil sie ihn brauchte. Ein Windspiel hing schwer von der Markise, es gab keinen Ton mehr von sich, weil der Bambus sich unter dem Regen so vollgesogen hatte, dass die Luft zwischen den einzelnen Hölzern keinen Spielraum mehr fand. Nur die Tür passte nicht ins Bild, sie war das Neueste am ganzen Haus, eine Konstruktion aus Plastik und Glas mit einem Querschlitz als Schlüsselloch. Wenn man sie öffnete, stand man inmitten bunter Bänder, die vom Rahmen herabhingen.

Mutter stand in der Küche, wie immer, den Unterleib an den Herd gepresst, im bunten Kittel, der die Arme frei ließ, und briet etwas in der Pfanne. Sie hatte sie noch nicht bemerkt, also sah sie ihr vom Flur aus zu. Ihre Hände waren so braun, dass die Altersflecken kaum auffielen. Über den Handrücken war die Haut gespannt wie bei einem prall gefüllten Getreidesack. Sie war klein geworden. Ihr Gesicht war von Falten zerfurcht, es sah aus wie eine von den Walnüssen, die sie im Herbst immer aufgesammelt hatte. Die Haare lagen ihr in dünnen, kurzen Strähnen um den Kopf und ließen sie aussehen wie ein Mann. Als Kind hatte sie oft dabei zugesehen, wie sie sich Locken eindrehte, während ihre Füße im Heizschuh steckten.

Ich dachte schon, du kommst nicht mehr.

Natürlich komme ich.

Dann ist ja gut. Wie lange bleibst du?

Bis alles vorbei ist.

Ach, ich bin ja immer allein.

Und Hans?

Der ist unten am See. Kannst ihn holen. Abendbrot ist fertig.

Draußen kroch ihr sofort die Nässe unter die dünne Jacke. Sie ging in den Flur zurück und zog sich den Troyer über, der an der Garderobe hing. Er war zu weit, wärmte aber besser als der Trenchcoat. Eine Wespe kam angeflogen und umkreiste ihren Kopf. Sie war ungewöhnlich groß, vielleicht eine späte Königin auf der Suche nach einem Ort für das Nest. Wenn man sie nicht tötete, würden ihr Tausende folgen. Sie reagierte allergisch auf Stiche, das hatte sie von Mutter, also machte sie drei schnelle Schritte zur Seite und lief, als die Wespe nicht von ihr ablassen wollte, bis in den Hinterhof, um dem Tier zu entkommen.

Unter der Walnuss stand der alte Schuppen, auf den er so stolz gewesen war: selbst gebaut. Das hieß, Ziegel rüde aufeinandergepackt, bis der Mörtel aus den Ritzen quoll. Dann mit Beton verputzt. Die Tür hing wie ein Fremdkörper an der Vorderseite, sie schloss nicht mehr richtig, sodass der Schuppen offen blieb. Unterm Dach steckten verrostete Äxte und Beile und an der Wand waren Pinsel aufgereiht, alle mit verklebten Borsten. Hinten stand eine Werkbank mit einer Schleifmaschine, vorn steckten Kneifzangen, auf der Arbeitsplatte herrschte heillose Unordnung. In einer Ecke lehnten Fahrräder, deren verrostete Ketten schlaff von den Zahnkränzen hingen. Der Boden war uneben, eine Buckel-

piste, die er immer mit der Landschaft verglichen hatte. Eine Sense hing locker an der Wand. Als sie beim Heraustreten die Tür schließen wollte, war es, als käme das Blatt ihr ein Stück entgegen.
Gegenüber lag der Hühnerstall. Früher schliefen hier nachts die Hühner auf den Stangen, nachdem sie den ganzen Tag den Boden aufgescharrt hatten. Immer wenn sie den Hof betrat, um Eier zu holen, hatte sie sich vor dem Hahn in Acht nehmen müssen, der ihr zwischen die Beine fuhr und nach den Adern pickte. Er war schon zu zäh, um ihn noch zu essen, aber sie zählte darauf, dass ihm der Kopf eines Tages wie ein Holzscheit vom Rumpf getrennt würde, was nützte es da, dass der Körper danach noch den Helden spielte und wie wild durch den Hof lief, was nützte ihm da sein Hahnenkamm? Der Kopf wurde vergraben, wie überhaupt alles, was nicht zu verwerten war: Hühnerköpfe, Entenköpfe, alles unterm Apfelbaum: Sommerscheibe, grasgrün mit weißem Fruchtfleisch, der früheste Apfel im Jahr.
Vor dem Hühnerstall stand eine Wäschespinne. In ihrem Netz hingen ein paar Unterhosen aus Baumwolle wie erschlaffte Segel im Regen. Sie trat ein. Anstelle der Tiere waren die Geräte eingezogen. Aufgereiht an der Wand hingen Besen, Harke und Forke. Es roch noch nach Huhn. In der Ecke lehnte das Luftgewehr, mit dem er immer auf Krähen zielte, abdrückte und traf, wenn er nüchtern war. Wenn er besoffen war, erwischte er manchmal ein Huhn, das war, wenn die Diabolos durch den Hinterhof pfiffen. Dieser verdammte Jähzorn, der in der Familie lag.

Auf dem Weg zum Zauntor geriet sie ins Stolpern. Sie suchte die Stelle nach einem Hindernis ab. Aber da war nichts.

Kein Ast oder Stein. Nur glatt getretener Boden. Sie stockte, trat dann einen Schritt nach vorn und blieb stehen. Ein kurzer Schwindel, die Welt geriet ins Schwanken, aber sie gab dem Gefühl nicht nach und ging weiter bis zum alten Hundezwinger. Dort hausten jetzt die Kaninchen in aufeinandergestapelten Buchten, die aus ehemaligen Holzkisten zusammengezimmert waren. Sie öffnete das oberste Gatter, nahm etwas Heu von der Schubkarre und hielt es hinein. Die Alte hatte wieder geworfen. Die Jungen flüchteten erst in den hinteren Teil der Buchte, kamen aber langsam wieder hervor und ließen sich schließlich streicheln. Sie strich ihnen vom Kopf aus über den Körper, dabei duckten sie sich und verharrten regungslos, sodass sie spürte, wie ihre Körper zitterten.

Wenn sie zum See wollte, musste sie unter der Teppichstange durch. Es war, als würden ihre Füße den Weg kennen. Bis auf die Pforte stand vom Zaun nichts mehr. Man konnte auch rechts und links daran vorbeigehen, denn der Draht hing lose zwischen den Pfählen. Mal ragte er ins Grundstück hinein, mal lehnte er sich hinaus, nie aber bildete er eine Grenze zum Schutz. Einige Enden hatten sich gelockert und standen ab. Nicht ungefährlich, wenn man hier hängen blieb. Unwillkürlich zählte sie die Jahre, die seit der letzten Tetanusimpfung vergangen waren.

Auf der Wiese, die sich zwischen Böschung und Ufer erstreckte, scheuchte sie eine Ringelnatter auf. Kurz konnte sie dabei zusehen, wie das Tier sich fußlos über die Wiese schob, dann wurde es vom Schilf verschluckt. Zwischen den Grasbüscheln ragten schon die ersten Blätter der Pestwurz hervor. In ein paar Wochen würden sie ein Dickicht ergeben, durch das man eine Schneise schlagen musste, um zum Bootshaus zu gelangen. Im Schilf trieb ein Fisch mit dem Bauch nach oben, er war bereits aufgedunsen und seine Schuppen hatten sich ins Weiße verfärbt. Am Ende des Stegs stand jemand. Auf ihr Rufen kam er ihr entgegen.

Wenn du weiter so laut bist, vertreibst du die Fische.
Hallo.
Hallo.

Die Bohlen unter den Füßen verstärkten den Klang ihrer Schritte. Auf dem Holz klebte Schwalbenmist und in den Fenstern des Bootsschuppens hingen statt der Gardinen geometrisch gewobene Netze, in deren Mitte Spinnen reglos verharrten. Erst als eine Fliege sich in einem der Netze verfing, tat sich was, blitzschnell bewegte die Spinne sich entlang der Fäden auf die Fliege zu und wickelte sie in einen Kokon.

Ich möchte keine Fliege sein.
Nein, du bist der, der die Fliege ins Netz wirft.
Früher warst du nicht so zimperlich.
Schon was gefangen?
Du bist immer noch zu laut.
Vorn treibt ein toter Fisch im Schilf.
Das kommt von den Motorbooten. Die heizen mit hundert PS über den See, obwohl nur fünfzig erlaubt sind. Alles Leute aus Berlin. Man sieht überhaupt keine anderen mehr. Im Frühling kommen sie über die Autobahn und bringen ihre Boote her. Dann weißt du,

die Saison hat begonnen.
Aber die Fische?
Erstens ist es zu laut und zweitens wird der See durch die vielen Boote immer schmutziger. Wenn früher ein Fisch tot im Wasser trieb, war der Sommer so heiß, dass die Algen den ganzen Sauerstoff verbraucht haben. Heute ist es heiß und blüht und schmutzt und was weiß ich. Hab letzte Woche einen Hecht mit der Forke erwischt.
Was hast du?
Der stand da unterm Steg, und ich dachte mir, wenn du den jetzt richtig angeln willst, mit Köder und so, ist er schneller weg, als du denken kannst. Also hab ich die Mistforke geholt.
Du hast ihn aufgespießt?
Aufgespießt, geschuppt und ausgenommen. Er war krank, das sah man an den Schuppen. Von allein steht der nicht einfach so am Ufer.
Ist das erlaubt?
Mir doch egal. Hab ihn schließlich nicht geangelt.
Braucht man dafür nicht einen Schein?
Was willst du eigentlich? Kommst hierher und bist nur da, weil du musst.
Was machst du jetzt?
Arbeiten, was sonst.
Und wo?
In Hamburg.
In Hamburg?
Kühllager ausräumen. Muss nachher wieder hin. Zur Spätschicht. Und morgen früh auch.
Nach der Spätschicht gleich die Frühschicht?

Na und? Hauptsache, es bringt Geld.

Wann bist du wieder da?

Hängt vom Verkehr ab. Nachmittags gegen drei wahrscheinlich. Dann geh ich erst mal schlafen. Und danach will ich angeln.

Scheint dir ja ziemlich egal zu sein, dass deine Schwester da ist.

Wir müssen nicht miteinander reden. Müssen wir nicht.

Auf dem Rückweg kam ihr die Katze entgegen. Sie trug einen Vogel im Maul und legte ihn ihr vor die Füße. Mit hängendem Flügel versuchte der Vogel zu entkommen, aber die Katze setzte mit der Pfote nach und holte ihn zurück. Erst als er sich nicht mehr rührte, ließ sie von ihm ab und strich ihr miauend um die Beine. Sie ging weiter, aber die Katze drängte erneut heran. Dann sprang das Tier einen Schritt weg und maunzte, als wollte es ihr etwas zeigen. Sie folgte ihm in den Holzschuppen. Zwischen gestapelten Scheiten sah sie ein Junges mit blauen Augen an. Als sie die Hand ausstreckte, fauchte es leise. Sofort war die Alte zur Stelle, schob sich zwischen ihre Hand und das Junge und ließ sich auf die Seite fallen. Das Junge drängte sich an die Mutter, suchte die Zitze, trat mit den Pfoten gegen ihren Bauch und begann gierig zu saugen, während die Alte laut schnurrte.

Mutter goss Teewasser auf. Ohne nachzudenken, öffnete sie den Schrank, um Tassen und Teller herauszuholen. Es war alles an seinem Platz. Sie trug das Geschirr in die Stube und deckte auf. Dann ging sie zurück in die Küche und

holte, was Mutter aus dem Kühlschrank auf die Anrichte gestellt hatte. Im Hintergrund lief der Fernseher. Sie setzte sich auf den Stuhl, der immer ihrer gewesen war, und wartete. An der Wand hingen Fotos. Es waren größtenteils Schwarz-Weiß-Aufnahmen, verwackelte Schnappschüsse von Menschen, die sich vor dem Haus versammelt hatten, samt einer Farbaufnahme aus der Luft, die das Haus von oben zeigte.
Mutter kam mit der Teekanne aus der Küche und stellte sie mit einem Ächzen ab, noch bevor sie sie ihr aus der Hand nehmen konnte. Sie aßen bereits, als Hans kam.

Abend.
Ich hab die Katze gesehen.
Die alte?
Die junge. Im Holzschuppen.
Ach, da hat sie es hingeschleppt. Die andern hab ich erwischt, aber eins war plötzlich nicht mehr da, als ich mit dem Sack gekommen bin.
Lass es in Ruhe. Das Junge hat ein Recht auf sein Leben.
Und du versorgst es dann, oder wie? Willst du Katzenfutter schicken?
Lass es in Ruhe. Dieses eine.
Warum?
Weil ich dich darum bitte.
Mit Bitten wird die Brut auch nicht weniger.
Geh zum Tierarzt, ich bezahl die Sterilisation.
Du bist aber hartnäckig.
Versprich es mir.
Mir doch egal. Ist ja nicht mein Geld.

Es gab Grützwurst. Sie sah zu, wie die beiden sich die schlierige Wurst mechanisch mit der Gabel in den Mund schoben und dabei Schmatzgeräusche von sich gaben. Dann nahmen sie sich ein Stück Brot und tunkten es in die Reste. Mutter hörte nicht auf zu kauen. Dabei wippte die Warze am Kinn im Takt der Bewegung mit. Als müssten sich die Kiefer noch an dem abarbeiten, was sie bereits geschluckt hatte.

Isst du kein Fleisch?
Nein.
Schaden würde es dir nicht.
Nützen auch nicht.
Früher hast du immer gegessen, was auf den Tisch kam.
Früher musste ich das auch.
Schlecht war's nicht für dich. Früher war sowieso vieles besser. Heute dagegen rumort's überall, bloß hinhören kann man, was soll man sonst tun. Mein Blutdruck lag gestern bei über zweihundert, da hab ich gedacht, jetzt ist's aus.
Früher hat Vater am Ende eines Saufabends immer den Krieg gewonnen und seine Schusswunde gezeigt.
Ich will das nicht hören. Wenn du nichts Besseres zu sagen hast.
Wo ist er jetzt?
Beim Bestatter. Kannst morgen Vormittag noch mal zu ihm, wenn du willst.
Ja.
Die Beerdigung ist am Nachmittag.

Nach dem Essen ging sie in die Küche und wusch ab. Sie stellte den Wasserkocher an und ließ heißes Wasser in die Abwaschschüssel laufen. Dann goss sie zwei Kannen kaltes nach. Es war ein sinnloser Aufwand, aber Mutter machte das immer so, um Energie zu sparen, es sei doch alles so teuer geworden. Das Wasser war jedes Mal zu heiß, es brühte ihre Hände krebsrot und ließ sie gefühllos werden. Auf der Fensterbank lag eine vertrocknete Wespe. Zwei Fliegen flogen ineinander verknäult durch die Luft und machten ein brummendes Geräusch. Der Rest der Brut hing reglos am Fliegenfänger unter der Küchenlampe.
Sie stellte das saubere Geschirr in die Abwäsche. Dann ging sie wieder zurück. Mutter saß in einem Sessel und hatte die Beine hochgelegt. An der Wand hing ein Kalender, in den die Namen der Familienmitglieder eingetragen waren. Bei Vater stand für den nächsten Tag *Beerdigung*, bei Hans, wann er zur Arbeit musste. Auch ihr Name stand über einer Zeile, darunter Kreuze für jeden Tag, den sie hier sein würde.

Kann ich noch was für dich tun?
Du kannst hinten Holz nachlegen.
Feuerst du immer noch? Es gibt doch Heizungen.
Holz gibt eine ganz andere Wärme. Und billiger ist es auch.

Im Fernsehen lief eine Vorabendserie. Erst drängte der Mann die Frau an die Wand, dann küsste er sie. Die Frau drehte ihren Kopf weg und leistete Widerstand, der aber mit der Dauer des Kusses schwand, bis sie schließlich nicht mehr versuchte, den Mann von sich zu stoßen, sondern die

Arme um seinen Nacken schlang und den Kuss erwiderte. Sie sah so lange zu, bis sie die Handlung nachvollziehen konnte, dann ging sie ins hintere Zimmer. Der Ofen strahlte eine bullige Wärme ab. Das Feuer hatte das Holz fast aufgezehrt, nur ein weißer Rest glühte als Gerippe in den Flammen. Sie öffnete die Tür, nahm ein Scheit aus der Kiste daneben und warf es in den Feuerraum, dass die Funken stoben.

Die Schrankwand stand da wie immer, in einer Reihe die Bücher, in der Reihe darunter verschieden große Gläser für Wein, Bier und Schnaps. Im grünen Jägerrock Karl May von *Winnetou* bis *Old Surehand*, dazu Bücher vom Krieg, *Angriffshöhe 4000, Hitlers Spionagegeneräle sagen aus* und Ähnliches. Daneben drei Bände ohne Beschriftung im roten Leinenschuber. Als sie ihn in die Hand nahm, löste sich einer der Bände und fiel zu Boden. Durch den Aufprall öffnete er sich, da wurde klar, dies war gar kein Buch, sondern nur eine Attrappe, denn statt der Seiten fielen Fotos heraus.

Sie ging in die Knie, um die verstreuten Bilder einzusammeln. Dann nahm sie den ganzen Schuber, setzte sich an den Wohnzimmertisch und schüttete ihn aus. Auf den Fotos waren Menschen verschiedenen Alters auf Hochzeiten, Geburtstagen, Beerdigungen zu sehen, Schnappschüsse drinnen wie draußen. Die Gesichter wahllos vertraut. Vater, wie er in den Bohnen stand und sitzend neben Mutter, und zwischen ihnen auf dem Tisch lag geräucherter Aal in Stücken auf dem Teller. Auf einigen Fotos hatte er ein kleines Kind auf dem Schoß, ein Mädchen mit Rattenschwänzen, das war sie. Auf einem Bild war er noch jung, mit schwarzen Haaren und vorgeschobenem Kinn. Hier schien er so alt, wie sie jetzt war, man sah, dass sie das Gesicht von Mutter hatte, nur das Kinn war von ihm. Auf einem Bild waren sie zum ersten Mal zusammen, das war schon ihr Hochzeitstag. Seine Haare trug er immer glatt nach hinten gekämmt, wie auf dem nächsten Bild auch die Kollegen, ein Winterbild, drei Männer im Schnee, die aus dem Foto auf etwas deuteten, das nicht zu sehen war. So sahen damals alle aus, so musste die Mode gewesen sein.

Sie hielt Mutter eins der Fotos hin. Wie war das mit dem Schnaps?

Das ist dein Vater als junger Mann, und hier sind wir getraut, und vorher war er im Krieg, und erst danach haben wir uns kennengelernt, sind beide unversehrt geblieben, das war schon was. Und warum wir geheiratet haben, frag mich nicht, darüber haben wir nie gesprochen, das machte man so. Was kann ich schon erzählen? Den Ersten, der kam, hab ich genommen. Ich war schon fünfundzwanzig, und wenn man fünfundzwanzig ist, kann man's sich nicht mehr aussuchen. Ich habe das Leben immer genommen, wie es kam, und hätte gern mal ein schönes Kleid gehabt. Die DDR war auch nur ein Land, in dem wir lebten. Und euch großgezogen haben, vergiss das nicht.

Im Fernsehen lief mittlerweile ein Boxkampf. Ich mag das, sagte Mutter, wenn sie miteinander kämpfen und man nicht weiß, wer den nächsten Treffer landet. Hoffentlich geht keiner zu früh zu Boden.

Irgendwann war es endlich so spät, dass man ans Schlafen denken konnte. Die Tür, die vom Flur zur Bodentreppe führte, war rahmenlos in die Wand eingelassen, sodass man sie leicht übersah. Dahinter wand sich die Treppe wie immer nach oben, nur dass das Holz Patina angesetzt hatte und von Würmern durchlöchert war. Es knackte beim Gehen, viel-

leicht war das gar keine Treppe mehr, sondern ein Sieb. Eine Stufe war nicht mehr vorhanden, stattdessen hatte jemand eine Platte schlecht drübergenagelt. Sie musste aufpassen, dass sie sich nicht vertrat.
Im Zimmer oben war es kühl, und die Luft roch nach Erde, aber das Bett war frisch bezogen. Auch der alte Kachelofen stand noch da. Im Winter hatte sie immer die Decke für einige Minuten dagegengepresst, bevor sie daruntergekrochen war. Beim Einschlafen bäumten sich Bilder auf, oder saß jemand unter ihnen und stemmte sie an die Wand?

Marianne kommt von der Schule zurück und schiebt ihr Fahrrad die Böschung hoch, das heißt, sie schiebt ihr Rad den lehmigen Erdweg hinauf und kommt durch das Tor im Hinterhof an. Dort stehen Vater und Bruder im Weg, sodass sie einen von ihnen ansprechen muss, denn wenn sie das Fahrrad in den Schuppen stellen will, muss sie an beiden vorbei. Es ist nur einer ansprechbar, weil der andere an der Teppichstange hängt. Hans hängt an der Teppichstange, während Vater danebensteht und darauf wartet, dass er den ersten Klimmzug macht. Er soll aushängen vor dem Hochziehen, es geht nicht, dass er den ersten Klimmzug im Sprung nimmt, der erste Klimmzug geschähe dann fast wie von selbst. Also erst aushängen, bis es ihm fast die Achselhöhlen zerreißt.
Zu diesem Zeitpunkt kommt Marianne mit dem Fahrrad durchs hintere Tor und muss das Wort an Vater richten, der darauf wartet, dass Hans mit dem Klimmzug beginnt. Alle warten, Marianne wartet, ihr Vater wartet, und nun? Der Körper ihres Bruders wartet nicht mehr, er beginnt sich langsam hochzuziehen, die Hände so fest ums Metall geklammert, dass das Blut schon stockt. Seine Muskeln zeichnen sich am Ärmelrand ab, am Hals erscheinen dünne Stränge, ein Kinn, das sich mühsam in die Höhe schiebt, das Erwartbare deutet sich an. Im Warten sieht Marianne ihn an, doch Hans sieht nicht zurück, sieht nur starr geradeaus. Noch ist der Kopf nicht über die eiserne Stange gelangt, da beginnt der Körper zu zittern.

Marianne sieht ihren Bruder mit weiten Augen an, wenn er jetzt fällt, dann schreit er, dann weiß er, was auf ihn wartet. Also bäumt er sich ein letztes Mal empor und beschreibt dabei einen Bogen, bevor er zu Boden geht wie ein nasser Sack. Aber das hat Vater nicht von ihm erwartet, aber das erwartet ihn eigentlich immer, was nun kommen wird, ist das Einzige, was immer festzustehen scheint, der Reiter hat plumps gemacht, und immer noch ist es ganz still, still lösen sich die Finger von der Stange, still setzt das verstockte Blut seinen Fluss fort, still ist es um die Augen der Geschwister, still ist es um Vater. Der sagt keinen Ton, während sein kaum gezielter erster Schlag nicht richtig landen kann. Aber der zweite folgt sogleich, und von da an alle, die noch folgen, dass Hans das Blut aus der Lippe springt, dass er gleich gar nicht mehr springt, sich nur noch krümmt nach einem Hieb in den Bauch. Still steht Marianne da, bis Vater sich verausgabt hat, weil er derjenige ist, an den sie sich wenden muss, wenn sie etwas ausrichten will, also wartet sie noch die übrigen Schläge ab, bevor Vater auf sie schaut. Warum so stumm? Aber die Erinnerung ist ja auch stumm, hier wird einer mundtot gemacht, weil die Erinnerung keinen Laut von sich gibt, denn wie soll man das beweisen, was in ihr begraben liegt, den Geruch und wie der Schweiß sich abgezeichnet hat, ist denn überhaupt vorstellbar, dass Marianne nicht mal zusammenzuckt bei solcher Art Schauspielunterricht, es ist auch nicht das erste Mal, dass sie so aufeinandertreffen. Seitdem Marianne in die Schule geht, kann sie sich sicher sein, danach von Vater und Bruder erwartet zu werden, so wie sie sich sicher sein kann, dass der Vater den Bruder umso härter schlägt, wenn sie nicht pünktlich ist. Ein paarmal hat sie sich nicht sonderlich beeilt mit dem Nachhauseweg, hat

geradezu getrödelt und ist unbemerkt zu Hause angelangt und denkt schon, dass es nun gehen kann, bis ihr beim Betasten des Bruders nach dem Schlafengehen auffällt, dass dieser noch mehr zusammenfährt als sonst.
So hat Vater dafür gesorgt, dass sie seinen Unterricht nicht mehr verpasst, wenn sie aus der Schule kommt, denn von nun an kann er die Uhr stellen nach ihr. Wenn sie das Fahrrad die Böschung hochschiebt, steht er neben Hans, der an der Teppichstange hängt, weil es darauf ankommt, dass Hans seinen ersten Klimmzug schafft so wie Marianne ihren Schulweg. Weil das Ende des Spiels jedes Mal das Gleiche ist, wiederholt sie sich pünktlich in der Pünktlichkeit. Weil sie weiß, dass er eher von Hans ablässt, wenn sie aufmerksam ist, sieht sie immer ganz genau hin, denn es nutzt nichts, vom Ablauf des Schauspiels abweichen zu wollen. Sie hat es mehrfach versucht, aber ob sie nun zuschaut oder wegsieht oder ihn bittet, es vorzeitig zu beenden, immer läuft es aufs Gleiche hinaus. Kaum dass er mit Hans fertig ist, richtet er den Blick auf sie. Mit einem gebellten

Was ist?
Das Fahrrad.
Was?
Es muss in den Schuppen.
Was ist damit?
Es muss in den Schuppen zurück?
Ich versteh dich nicht.
Es muss in den Schuppen zurückgebracht werden.
Du redest zu leise.
Ich muss es in den Schuppen zurückbringen.
Musst du wohl,

fängt er bereits an, die Beherrschung zu verlieren, was heißt *Beherrschung*, wo doch das Schauspiel nur darauf ausgerichtet ist, auf genau dieses Ende zuzulaufen, seinen Höhepunkt nahezu, dass nämlich Vater den verwässerten Blick seiner rot geäderten Augen unverwandt auf sie gerichtet hält, während er ihr behäbig Platz macht, damit sie das Fahrrad an ihrem noch immer am Boden liegenden Bruder vorbeischieben kann, bevor er ihr den letzten Schlag dieser Szene versetzt, sodass sie endlich hinfällt neben Hans. Anfangs fällt sie noch aufs Rad und trägt blaue Flecken davon. Mittlerweile fällt sie geschickter, steht rasch wieder auf und bringt das Rad in den Schuppen. Es ist nicht einfach, sich hierin in Geschicklichkeit zu üben, man kann gut sagen, dass sie aus ihren Fehlern lernt, aus Fehlern wird man klug, Marianne, denn wenn sie aufs Fahrrad fällt, setzt Vater mit dem Fuß noch einen nach. Fällt sie auf Hans, tut es beiden noch mehr weh, ihm, weil er am Boden liegt, ihr, weil sein Schaden jeder Beschreibung spottet.

Ist also das Schauspiel wie immer auf seinem Höhepunkt und lässt den Helden wieder zur Besinnung kommen. Ein wenig geht ihm schon die Puste aus von all der Anstrengung. Beruhigen Sie sich, es geht alles seinen sozialistischen Gang, dünstet es am Ende leicht säuerlich aus ihm heraus, bevor er aus dem Tor schaukelt, die Böschung hinunter, zu einem der Nachbarn, zum nächsten Korn im Wasserglas.

Marianne sieht ihm jedes Mal noch eine Weile nach, denn sie zögert, zu schnell bei Hans zu sein. Bevor er nicht aufsteht, tritt sie nicht aus dem Schuppen, und beide gehen sie still und nacheinander ins Haus. Einmal will sie seine Hand nehmen, die er aber von sich stößt. Drinnen liegen feuchte Tücher, wie immer von Mutter bereitgelegt, die würden den

Körper schneller abschwellen lassen, und die blauen Flecken lassen sich gut unter der Kleidung verbergen. Wie bei Boxern, überhaupt sieht es schick aus, sie um den Hals zu tragen. Einmal bittet Mutter den Vater, es wenigstens unsichtbar zu tun, er sei doch bei den Nachbarn wie auf Arbeit ein angesehener Mann.

Besonders reizbar ist er nur, wenn er angetrunken ist, das heißt anderthalb Flaschen Bier, und das ist es dann. Sein Gang, an seinem Gang sieht man ihm den Trunkenheitsgrad an. Ist er nüchtern, geht er schnell und hält den Rücken gerade, im Suff geht er nach vorn gebeugt und schlurft, angetrunken aber sind seine Bewegungen nahezu geschmeidig. Dann denkt er sich Aufgaben aus, hol mir mal das, aber flott, herrscht er die Kinder an. Dabei belauert er sie. Dabei hält er die Augen bedeckt.
Oft findet der Übergang vom Angetrunkensein zur Trunkenheit zu Hause statt. Dann lädt er seine Freunde ein und ist ihnen ein großer Kumpan. Sitzen dann sommers wie winters abends zusammen um den Tisch, nur dass der Sommertisch draußen steht und der Wintertisch in der guten Stube, die beheizbar ist, aber wie: Marianne, mach den Ofen an, hol Holz, weist er die Tochter an, die im Winter nicht gern ins Dunkel geht. Beleuchtung gibt es nicht, denn sie reicht nicht an die Taschenlampe ran, die in der Küche oben auf dem Schrank liegt und die, wie auch das Luftgewehr im Schuppen, Vaters gutes Stück ist. Und ihn danach fragen? Ihn darum bitten, sie ihr herunterzuholen, wenn er inmitten der anderen Männer sitzt und alle immer lauter werden? Einmal ist Marianne an so einem Abend durchs Zimmer gehuscht, da wurde er auf sie aufmerksam. Seht mal, die da

ist meine Tochter, hat noch 'ne ganz flache Brust, kriegt aber schon die Beine von Dolores, gibt 'nen trockenen Sommer, wenn so eine lange Dürre kommt, komm mal her du, soll Papa dich mit seinem Schnurrbart kitzeln?

Wo ist dein Bruder.
Schon im Bett.
Und deine Mutter.
Bei der Nachbarin.
Dann holst du jetzt das Holz.

Geht sie nach Holz, muss sie hinaus und einmal ums Eck, eigentlich kein Weg, nur im Finstern eine Ewigkeit, oder wie geht das schneller mit dem Tasten und Zittern, dass einem ganz klamm wird im eigenen Körper angesichts von Kälte und Dunkelheit und dem Pfeifen und Rascheln umherwandernder Ratten? Es gab Jahre, da zogen sie nachts in Schwärmen über den Hof, bis Mutter sagte, nun ist man gut, ab da kam eine Katze ins Haus und bald hatte es sich ausgepfiffen. Aber das ist nicht genau genug, das muss man anders sagen: Ins Haus kam sie erst später, vorher wurde sie nächtelang in den Schuppen gesperrt, damit es endlich ein Ende hatte mit der Rattenbrut, also warum nicht in den Holzschuppen gehen, als wär da nichts bei. Und nicht denken an faulige Stellen im Holz, wenn es unter den Fingern plötzlich nachzugeben beginnt und einem Käfer und Spinnentiere über den Handrücken laufen. Einfach Holz holen, sich an den Stapeln entlangtasten, die Scheite in den Korb legen und zurückkehren, dass keiner merkt, wie lange das dauert.
Kann sein, dass er währenddessen schon wieder dabei ist,

seinen Durchschuss in die Luft zu halten. Sie hat es schon häufig mitansehen müssen, denn ab einem bestimmten Trunkenheitsgrad fangen alle an, vom Krieg zu erzählen und wie sie ihn gewonnen haben und was er ihnen mit auf den Weg gegeben hat. Zeigt her eure Füße und Bauch und Rücken mit den verwachsenen Narben, und wer ein Glasauge hat, nehme es jetzt raus, und auch die Prothesen könnt ihr in die Ecke stellen, ist doch schön warm hier in der Bude, was für einen feinen Ofen ihr habt. Maßarbeit, gibt Vater dann an und erzählt etwas von Beziehungen, das geht so:

– Sag ich zum Bauern, ich werfe einen nachsichtigen Blick auf dein Korn und dann kommt der Stempel drauf: EXPORT, sagt der, Mensch, hast du nicht grad ein Haus gebaut? Sag ich: Aber der Ofen ist noch aus. Sagt der: Aber den Ofen sollst du von mir haben. Die Verletzung stamme noch aus Ostfrontzeiten, weshalb er ausgeflogen wurde und zuletzt in Italien stationiert war. Sein liebstes Flugzeug sei das gewesen, diese Ju 52; und von Italien aus wollten sie ihn noch nach Kreta fliegen, aber da war der Ofen schon aus für Griechenland. Jedenfalls war das ein sauberer Durchschuss, hat auch nicht so gestunken wie die Verletzungen der anderen und ist gut verheilt. Die nächste Verwundung brachte ihn dann ins Gefangenenlazarett, von der Schwester damals hat er sich gern die Verbände wechseln lassen, obwohl sie eine Alliierte war, die hatte einen Körper, so recht zum Zupacken, mit dem Hintern einer Fregatte, die kam und ging ihn wie ein Schlachtschiff an. Die Alliierten hatten sich schon die Richtigen als Lazarettschwestern bestellt, er jedenfalls ließ ihr immer einen schönen Gruß ausrichten, durch die Blume und manchmal auch auf Französisch oder Italienisch, ja, man kommt rum in der Welt. Nur mit Russisch nie, weil dann alle liefen, selbst der Feind. Aber das sei auch nicht von ungefähr so gekommen, das liege schon in der Familiengeschichte begründet, schließlich könne man am Familiennamen erkennen, der Vorfahr war ein hugenottischer General. Der war schon damals unter Napoleon schlau genug, in Deutschland zu bleiben und nicht mit in diesen russischen Winter zu ziehen, überhaupt war das die einzige Fehlentscheidung des Korsen wie auch von Hitler. Den Russen konnte man bekämpfen, das hat man ja auch zur Genüge, der Russe aber in Verbindung mit seinem Winter war eine Sache für sich.

Meist sitzt er den Vormittag danach am Stubentisch, als hätte er sich überhaupt nicht erhoben, vor sich eine Flasche, aus der er sich bedächtig das Glas vollgießt, denn mit dem Bierschaum ist das nicht einfach, setz mal dem Bier die Krone auf, komm her, Marjannchen, darfst auch vom Schaum lecken, dann hast du einen Bart.
Manchmal wird sie mit diesem Spruch sogar barbiert, was eine langweilige Angelegenheit ist, denn wozu wachsen die Haare, wenn man sie immer wieder abrasiert? Aber es ist die Zeit, in der man sich rasiert, also sitzt Vater in der Stube und hat einen Spiegel vor sich auf dem Tisch und schäumt die Borsten des Rasierpinsels ein und bestreicht sich das ganze Gesicht, sodass es jedes Mal aussieht, als hätte er Schaum vor dem Mund. Dann fährt er mit dem Rasiermesser in genauen Bahnen über den Schaum, von den Schläfen zur Mitte, vom Kinn nach oben, bis alles so glatt ist wie ein Babypopo, sie solle doch mal anfassen, ob sie ihren Vater denn nicht einfach mal berühren könne? Dann würde er sie

ebenfalls rasieren müssen, das ginge ganz schnell. Einmal, da ist er schon wieder betrunken, weiß er nicht mehr, wie sich Aufhören anfühlt, aber da kommt Mutter noch rechtzeitig aus der Küche, und es gibt danach einen Schnaps aus dem Fruchtwasser einer Pampelmuse: Wie Vater sie von der Wohnstube ins hintere Zimmer schickt, eine Pampelmuse holen. Wie er sie ihr aus den Händen nimmt und erst sorgfältig untersucht, bevor er zum Schnitt ansetzt. Wie er sie fachmännisch zerlegt und die einzelnen Teile erst auf die Saftpresse stülpt und dann niederdrückt, bis sie ganz leer sind und nur noch Hülle. Wie er sie wieder ins hintere Zimmer schickt, ein Schnapsglas holen, in das er den aufgefangenen Saft kippt. Wie er sich nicht damit begnügt, sondern mit einem Löffel noch das lose Fruchtfleisch aus den zerquetschten Hälften kratzt und es ins Glas wirft, wo es im eigenen Saft schwimmt. Wie er zum Schluss den Rand des Glases mit Zucker bestreicht und ihr dann zuschiebt, damit sie austrinkt, immer alles auf einmal und ohne abzusetzen. Wie er ihr genau zusieht und dabei erst sein Lied unterbricht, das ihm die ganze Zeit schon von den Lippen läuft:

Sie war so schön
so schön wie Milch und Blut
von Herzen war
sie einem Räuber gut.

Überhaupt, besonders reizbar ist er nur, wenn er angetrunken ist, wenn das Gelage erst beginnt. Davor und danach lässt sich mit ihm auskommen. Davor ist er nüchtern, da gäbe es viel zu erzählen. Danach ist er einer von denen, deren Weinerlichkeit schnell peinlich wird, komisch, diese

Veränderung im Verhalten. Erst prügelt er sie windelweich, nur damit sie sich daraufhin für ihn schämen. Na, Marjannchen, und du, mein Jungchen, kommt mal her, seid doch meine Besten, eure Mutter will so einen alten Säufer nicht zum Mann, wie euer Vater einer ist.

Einmal kommt er deswegen nicht allein vom sonntäglichen Frühschoppen zurück, sondern hat am Arm eine kleine Frau mit brauner Haut und goldenen Armreifen und sonst viel losem Stoff. Das sind Lumpen, Marianne.
Gib, was du hast, weist er Mutter schon an der Haustür an, lässt die kleine Frau vom Arm, stößt gegen Marianne, die im Flur bei Mutter steht, und biegt im Seemannsgang zum Schlafzimmer ein. Also spart Marianne sich ihren Atem für die Kellertreppe, die sie auf Mutters Geheiß runter und hoch läuft, um etwas von dem zu holen, was dort unten an Vorräten liegt. Als sie zurückkommt, hat sie ein Glas mit eingeweckter Wurst dabei. Das gibt sie Mutter, die es der Frau in die aufgehaltene Schürze legt. Doch das reicht Mutter nicht, sie schickt Marianne in die Küche, noch Brot und Butter holen, sie solle es der kleinen Frau selbst geben. Dafür bricht die Frau vor Marianne fast zusammen und beginnt wild gestikulierend in einer unverständlichen Sprache auf sie einzureden. Als sie ihr so nahe kommt, dass sie beinahe mit den Fingern ihr Gesicht durchpflügt, bekommt Marianne es mit der Angst und will fort, aber diesmal ist es Mutter, deren Griff sich plötzlich wie eine Eisenklammer um ihren Oberarm legt: Lass sie, sie spricht ihren Segen über uns, wir können es gebrauchen!
Der Segen muss auch auf Vater übergegangen sein, denn als er zum Mittag wieder aus dem Schlafzimmer kommt, tut

er es nach Art eines zufriedenen Katers, der noch den ganzen Tag um Mutters Beine streicht.
Es ist doch wegen des Kriegs gewesen, sagt er plötzlich beim Abendbrot. Er war nach seinem Ostfrontabstecher stationiert in Südeuropa, er hatte dort welche von ihnen getroffen. Sie haben nicht viel geredet, dafür gesungen, die ganze Zeit singen die dir diese Lieder vor, in denen Milch und Blut vorkommen, und du kannst dich ihnen nicht begreiflich machen, so eine Schnapsidee. Sagt Vater und gießt sich nach, diesmal vom Rum, der zähflüssig in den Tee schwappt. Das sieht ein bisschen nach Honig aus, findet Marianne, sagt es aber nicht, denn unterbrechen ist nicht erlaubt, wenn Vater spricht. Einmal hat Hans nicht dran gedacht und dafür den Tee von Vater ins Gesicht bekommen, denn besonders reizbar ist er, wenn er nur angetrunken ist, das kommt bei Rum im Tee schon manchmal vor. Hans wusste aber gleich, was zu tun war, er sprang ohne Laut vom Stuhl, rannte in die Küche und tauchte das Gesicht in die noch volle Abwaschschüssel.
Hans weiß nicht immer gleich, was zu tun ist. Einmal tobt er mit Marianne durch das hintere Zimmer, weswegen sich Vater von der Couch erhebt, um nachzusehen. Woraufhin der auf einem Sessel hüpfende Hans so erschrickt, dass er das Gleichgewicht verliert und mit dem Kopf auf die Ecke der Blumenbank knallt. Immerhin scheint es ihm nicht wehzutun, denn er guckt nur und schreit nicht, sondern fasst mit der Hand an die Stelle, an der nun ein Loch ist, von dem die Hand ganz blutig wird. Da hast du uns aber was Schönes eingebrockt, beginnt dafür Vater zu wüten, denn Mutter ist gerade nicht im Haus, sondern verkauft Eier, und zieht Hans in die Küche. Und nun? Wissen beide sich nicht

anders zu helfen, als dass sie seinen Kopf in die Abwaschschüssel stoßen, das heißt, Vater stößt Hans mit dem Kopf dort hinein, woraufhin der endlich schreit. Das wird aber auch Zeit, findet Marianne, die schon die Sekunden zählt, aber es nützt nichts, weil das Blut nur noch munterer fließt. Bloß gut, dass Mutter kommt, sie muss etwas gehört haben von nebenan. Sie sieht das Malheur, zieht aus ihrem Kittel ein Taschentuch und presst es so lange auf die Wunde, bis das Blut zum Stillstand kommt. Ist gut, wenn altes Blut mal rauskommt.

Der Bestatter hatte ihn im Sarg hinter der Glasscheibe aufgebahrt. Er war in einen dunklen Anzug gekleidet, das kannte sie nicht von ihm. Sie hatte ihn noch nie im Anzug gesehen, er sah größer aus darin, auch wenn er abgemagert war. Sein schütteres Haar war sorgfältig nach hinten gekämmt. Sie hatten ihm die Zähne rausgenommen, dadurch lagen die Lippen auf den Kieferknochen und verliehen seinem Gesicht eine unfreiwillige Komik. Sie musste sich zusammenreißen, nicht laut zu lachen. Ohne die Prothese sah er aus wie das Klischee eines alten Mannes. Sie verspürte den Drang, in Höhe des Kopfes gegen die Scheibe zu klopfen, ließ aber die Hände unten. Wie das gehen soll: einen Menschen beurteilen nach seinen Taten. Brauner. Klarer. Kurzer. In Kaffee oder Tee.
Sie trat zurück und setzte sich neben Mutter auf die Bank. Mutter sah in Vaters Richtung, ohne ihn zu fixieren. Mit den Händen knüllte sie ein Taschentuch und bewegte lautlos den Kiefer.

Wie ist er gestorben?
Er lag am Morgen so da. Sollte eine Magensonde bekommen. In der Nacht davor ist er gestorben. Er wollte das nicht. Du kennst doch unsern Vatter. Der Bestatter hat ihm den Kiefer brechen müssen, um die Prothese rauszuholen. Hat ihn wie einen alten Bekannten begrüßt. Die hatten nach dem Krieg zusammengearbeitet, auf dem Friedhof, aber als unser Vatter beim

Umschichten der Leichen gesehen hat, wie die Goldzähne mit dem Spaten rausgekloppt wurden, fing er beim Pflanzenschutzdienst an. Da musste er nur prüfen, ob das Getreide von Schädlingen befallen war.
Wie redest du.
Was soll ich denn sagen? Er ist doch tot. Jetzt kommt er auf die grüne Wiese.
Willst du kein Grab?
Und wer soll das pflegen, wenn ich nicht mehr bin? So lange mache ich es nicht mehr. Und teuer ist das.
Was ist mit Hans?
Der muss zusehen, dass er seine Arbeit behält. Was der immer fährt für das bisschen Geld. Ist doch kein Leben. Wie soll das bloß weitergehen.

Mutter fing lautlos an zu weinen, ohne den Blick zu senken.

Alles hat er mir genommen. Ich hatte es doch nie leicht mit ihm und nun das.

Ihre Schultern zuckten, und das Taschentuch in ihren Händen war nur noch ein nasser Klumpen. Bestimmt wollte sie getröstet werden. Sie hob den Arm, ließ ihn aber gleich wieder sinken. Sie konnte sich nicht daran erinnern, Mutter jemals in den Arm genommen zu haben. Stattdessen nahm sie ihr das zerknüllte Tuch ab und tauschte es gegen ein frisches aus.

Er hätte es nicht anders gewollt. Wir haben darüber gesprochen. Eine Urnenbestattung auf der grünen Wiese, damit er niemandem zur Last fällt. Die meisten machen das so. Nicht mal der Tod ist umsonst.

Die Kapelle war bis in die hintersten Reihen gefüllt. Sie hatten ganz vorn Platz genommen. Mutter saß zusammengesunken im grauen Parka zwischen Hans und ihr und weinte still. Es war so kalt, dass alle ihre Mäntel und Jacken anbehielten. Menschen, die sie nicht kannte, traten an den verschlossenen Sarg, die Männer verbeugten sich, die Frauen legten Blumen nieder. Ein muffiger Geruch von feuchter Kleidung verbreitete sich im Raum.
Der Redner sprach von Vaters Leben und dass er ein geachteter Mann gewesen sei, das sehe er auch an der Zahl der Trauernden, so voll sei die Kapelle längst nicht immer. Sie war sich nicht sicher, ob der Redner ihn überhaupt gekannt hatte. Er sprach einen Text, der für jeden Mann seines Alters gelten konnte. Die üblichen Stationen der Familiengründung. Eine Frau, zwei Kinder. Ein paar Freunde. Die harte, aber ehrliche Arbeit. Endlich die Rente und der Wunsch, es sich auch mal gut gehen zu lassen. Der Beginn einer neuen Zeit. Dann die tückische Krankheit, gegen die er schließlich den Kampf verlor.
Sie fror trotz Jacke und konnte das Zittern nicht verhindern. Wieder jemand, dessen Geburtstag sie aus dem Kalender streichen würde. Sie fragte sich, ob sie jetzt Trauer tragen müsse. Ihr war nicht danach. Eher würde sie es sich selbst als Schwäche auslegen, als späte Rührseligkeit, und sie würde doch jetzt nicht sentimental. Sie suchte in sich nach etwas, das die Worte des Redners ersetzte, schließlich war sie seine Tochter. Aber da war nichts. Einmal hatte er sie mit zu den Fischern aufs Boot genommen, aber sie bekam Angst,

weil nur noch Wasser unter ihr war. Da ist er mit ihr wieder vom Boot gegangen, und sie sind stattdessen ins Museum gefahren. Sie hatte sich erst gefürchtet vor dem ausgestopften Fisch in der Eingangshalle, der so viel größer war als sie, und weinen müssen. Also gingen sie wieder hinaus und setzten sich auf eine Bank und aßen Kirschen, von denen er ihr je ein Paar an die Ohren hängte: Jetzt hast du Ohrringe. Auf einmal spuckte er einen Kern ganz weit aus und sagte: und jetzt du, aber ihrer flog gerade mal halb so weit wie seiner. Was ist ein Wels, hatte er ihr erklärt, wenn nicht bloß ein sehr alter Fisch mit langen Barthaaren.
In diesem Sommer ist sie mit Taucherbrille und Schnorchel ins Wasser gegangen, um Krebse zu fangen. Unter Wasser hielt sie eine Konservendose hinter den Krebs und tippte ihn kurz an, das reichte, damit er rückwärts in die Falle schnellte. Ihren ersten Krebs brachte sie Vater, der ihn in den Kochtopf warf und dort ließ, bis er ganz rot war und sich nicht mehr rührte. Sieh genau hin. Jetzt sind sie so, dass man sie essen kann. Sie lutschte an den Scheren, bis nur noch die leeren Hüllen übrig blieben. Den Abfall gab sie der Katze ins Schälchen.

Nach der Trauerfeier nahmen sie Mutter in die Mitte. Vor ihnen bildete sich eine Schlange. Jeder wollte sein Beileid aussprechen. Die Frauen weinten, die Männer schüttelten nur stumm die Hand. Die meisten waren ihr fremd. Sie sah zu Hans, der mit vor dem Bauch verschränkten Armen in die Luft starrte, als ginge ihn das alles nichts an. Mutter hatte aufgehört zu weinen und sprach mit den Leuten. Mit jedem, der an sie herantrat, wurde sie ein bisschen größer. Langsam leerte sich der Saal.

Sie brauchte dringend frische Luft, darum sagte sie, dass sie sich kurz die Beine vertreten wolle, hier dauere es ja noch. Draußen war es fast wärmer als in der Kapelle. Das Wetter war noch immer trüb, aber es regnete nicht mehr, und die Luft wurde milder. Sie ging gern auf Friedhöfen spazieren. Friedhöfe hatten etwas Beruhigendes. Überdies waren sie die besseren Parks. Wenig Menschen, keine Jogger, keine Hunde. In großen Städten lagen sie häufig zentral, weil die Häuser über sie hinausgewachsen waren. Das kam durch die vielen Menschen, die in die Städte zogen und die irgendwann auf den Friedhöfen ihrer Heimatdörfer fehlen würden. Bevor sie starben, bauten sie Wohnhäuser für sich und ihre Familien, die Stadt wuchs, und aus den Friedhöfen wurden Parks.
Dieser hier lag immer noch am Rand. Die meisten Gräber waren verwittert. Ein paar Familiengrüfte, ansonsten schwarzer Granit, in den über die Namen noch das Alpha und das Omega und ein Kreuz geritzt waren. Viele hießen Johannes, Helene oder Margarete. Ein Grabstein war sehr klein, nur ein Vorname stand drauf und das Datum des Geburts- und Todestages, beides aus demselben Jahr. Etwas weiter hinten befand sich eine Grabstätte zu Ehren der gefallenen russischen Soldaten. Weiße Holzkreuze steckten ein Viereck ab. Statt Namen trugen sie Nummern, und an dem Denkmal in ihrer Mitte lag ein Kranz.
Die Urnenwiese kam ganz zum Schluss. Nur eine in den Boden gelassene Platte verriet den Standort. Die meisten lagen ohne Namen hier, sie selbst würde einmal woanders begraben sein. Das war kein Ort mehr, der ganze Familien barg. Nur eine zerrissene Umarmung, die die Zeiten miteinander verband. Ein kurzes Sammelbecken, in das einige

sich legten, bevor der Rest sich weiter verstreute wie ein auf den Boden aufschlagender Wassertropfen. Sie fragte sich, wo sie einmal begraben sein würde. Wahrscheinlich dort, wo sie starb. Langsam ging sie zurück. Morgen war es vorbei.

Bis auf Mutter und Hans war die Kapelle leer. Zwei Männer von der Friedhofsverwaltung traten an den Sarg, nahmen die Kränze ab, trugen ihn hinaus und schoben ihn in das weiß ausgekleidete Heck des Bestatterautos, das ihn mitnahm für die Einäscherung. Sie sah dem Auto nach, das mit den Lamellen an den Fenstern betont feierlich aussah. Mutter drängte zum Aufbruch.

> Wir müssen zurück. Die Gäste kommen bald.
> Kann ich dir helfen?
> Du kannst Kaffee kochen und die Torten aus dem Keller holen. Ich habe die Nachbarn eingeladen und noch ein paar seiner Kollegen. Wir müssen uns beeilen. Bei mir gibt es immer pünktlich Kaffee.

Beim Öffnen der Kellertür schlug ihr der Geruch von Rauch entgegen. Er kam von den Würsten und Fleischstücken, die da an Nägeln hingen. Beim Hinabsteigen wippte die dünne Holztreppe bedrohlich. Unten waren Regalreihen aufgebaut, auf denen Einweckgläser standen, deren Deckel vom Schimmel schwarz waren. In einer Ecke lagen Kohlen, in der anderen Kartoffeln, nahezu alle ausgekeimt. Die Einweckgläser waren nach Inhalt geordnet, ein Regal mit Leberwurst, Blutwurst, Grützwurst, das nächste mit Johannisbeermarmelade, Brombeere, Pflaumenmus. Daneben das Kompott: Kirsche, Birne, Pfirsich. Darunter endlich die Tortenglocken.

Es waren so viele wie sonst nur an Geburtstagen. Sie lupfte der Reihe nach die Deckel. Quark-Sahne, Schwarzwälder Kirsch, Frankfurter Kranz. Keine fehlte. Nacheinander trug sie alle nach oben. In der Küche goss Mutter bereits Kaffee in eine Thermoskanne.

> Weckst du immer noch ein? Das kann man doch alles kaufen.
> Ach kaufen. Immer soll man alles kaufen. Wir haben es doch vor der Haustür. Ihr lebt wie im Paradies, sagen alle.
> Was soll ich noch tun?
> Eindecken. Aber nimm das Geschirr von hinten. Weißt du noch, wo es steht?
> Ja.

Sie ging an den Wandschrank im hinteren Zimmer, bückte sich und öffnete die Türen. Dieselben Handgriffe wie immer. Ein unsichtbarer Druck lenkte ihren Willen in eine Bahn vorauseilenden Gehorsams. Wenn es um Mutter ging, brauchte diese nur etwas von ihr zu verlangen, und sofort tat sie es. Es war wie immer. Man konnte weggehen und noch so selbständig sein, man konnte sich ein eigenes Leben aufbauen, aber kaum kehrte man zurück, holte es einen wieder ein. Als würde es einen in den Boden rammen, dem man längst entwachsen war. Eng war das, eng war es hier immer gewesen, als ginge man durch einen Windkanal, als kröche man in den Geburtskanal zurück. Sie musste achtgeben. Es begann ihr erneut vertraut zu werden. Es rückte ihr nahe und machte sie wieder klein. Wenn sie sich nicht hütete, würde es sie einschließen.

Sie holte die Tassen, Untertassen und Kuchenteller aus dem Schrank und deckte ein. Mutter hatte bereits die Torten angeschnitten und sie auf den Tisch gestellt.

Ist ja wie zu seinem Geburtstag.
Es soll ja auch schmecken. Hoffentlich kriege ich alle unter. Hans hat den Tisch ausgezogen, aber ob das reicht?
Wo ist er eigentlich?
Der ruht sich aus. Hat heute und morgen extra freibekommen, obwohl die ihn dringend brauchen.
Und da kann er dir nicht helfen?
Hat er doch.
So. Was brauchst du noch?
Eigentlich nichts mehr. Der Kaffee ist fertig. Siehst du die Tassen?
Ja.
Das sind meine Sammeltassen.
Sehr schön.
Du kannst sie mitnehmen.
Wie meinst du?
Ich schenk sie dir.
Ich will sie nicht.
Dann eben nicht.
Bist du fertig?
Ja. Stellst du noch ein paar Gläser auf den Tisch?
Wassergläser?
Nein, von hinten. Für die Männer.
Damit die was zum Feiern haben. Gibt ja immer einen Grund.
Du musst ja nicht.

Nein, und ich will auch nicht. Weißt du was? Ich wünsch dir noch viele schöne Jahre ohne ihn. Aber wenn du nichts dagegen hast, vertret ich mir ein bisschen die Beine. Mir ist nicht so gut. Und zuprosten muss ich auch keinem.

Selbst Vater hat sich einen Säufer genannt. Das muss man genauer sagen. Erklären, wie es dazu kam. Woher einer kommt und was er getan haben mag, dass er immer wieder die Besinnung verliert. Vielleicht holt man dazu etwas aus. Vielleicht setzt man noch etwas früher an mit Vater, der aus der Kriegsgefangenschaft kam, eine Familie gründete und unter die Säufer ging. Und mit Vaters Vater, der, nachdem seine Vorfahren einst dem Ruf Katharinas gefolgt und in das Großrussische Reich ausgewandert waren, sich nur hundert Jahre später von Belowesch im Gouvernement Jekaterinoslaw, im Alexandrowsker Kreis, nahe der Stadt Mariupol aus auf den Rückweg machte, denn die Revolution fraß ihre Kinder diesmal nicht, sie ließ sie einfach verhungern, bis ganze Dörfer ausgestorben waren und die Bewohner mit blauer Haut und aufgedunsenen Bäuchen unbeerdigt in den Straßen lagen, während den Übriggebliebenen das Gespenst eines großen Krieges erschien, in dem Deutschland und Russland sich als Feinde gegenüberstehen würden, was ihn dazu brachte, sich zu fragen, wie man noch Russe sein und wieder Deutscher werden konnte, und stattdessen von einem Land träumen ließ, in dem man Licht bekäme, wenn man nur einen Schalter drückte: Amerika.

Der in Cherson ein Transportschiff unter dem Vorwand, nach Kiew zu wollen, bestieg und damit den Dnjepr hinauffuhr, um dann am Oberlauf des Pripjet auf den Dnjepr-Bug-Kanal umzusteigen, der als Wasserweg den Dnjepr mit dem

Bug und der Weichsel und damit die südrussische Steppe mit der Ostsee verband, wo es von Danzig aus nach Hamburg ginge und von dort nach Amerika.

Der aber nicht einmal bis Danzig kam, sondern in der Nähe von Brest-Litowsk von Soldaten in der Uniform des Kaisers aufgegriffen wurde, die ihn erst Russisch hatten lallen hören, bevor sie ihn mit aufgeblähtem Bauch und Augen, die aus ihren Höhlen quollen, im Morast liegend fanden, um von diesen noch als Russensau beschimpft und beinahe an den nächsten Baum geknüpft zu werden. Erst als er ihnen kaum hörbar auf Deutsch sagte, dass er keine Russensau, sondern eine deutsche Sau sei, hielten sie inne und nahmen ihn mit, sodass er eben nicht in Amerika ankam, dafür aber auch nicht gehängt wurde, sondern inhaftiert und im Gefängnislazarett vom Sumpffieber lediglich erblindete und danach bei Ida Apollonia unterkam, die als Spitalschwester zwar das Gegenteil einer Schönheit war, aber dafür aus der Gegend und so in ihrer Herkunft über jeden nationalen Zweifel erhaben.

In den ersten Wochen war es jedoch noch unklar, ob es überhaupt so weit kommen würde, denn er litt unter starkem Fieber und war nahezu bewusstlos, und auch der stationierte Arzt, der eine Entzündung der Hirnhaut feststellte, konnte erst einmal nichts weiter tun als abwarten. Erst in der dritten Woche nahm man ihm die Verbände von den Augen und fragte, ob er irgendetwas sehe. Er sagte Nein. Seine Augen lagen wieder in den Höhlen und die Lider normal darüber. Sie baten ihn, die Augen zu schließen. Das ging. Dann öffnete er sie wieder, und sie fragten, ob er jetzt was sehe. Er sagte wieder Nein. Dann brachte man Spiegel und blendete ihn mit dem Sonnenlicht, das ins Zimmer fiel, und fragte ihn, ob er eine Veränderung bemerke. Er sagte wieder Nein. Was er denn sehe, wenn er nichts sehe, fragten sie zuletzt. Er sagte Schwarz. Ab dann ließ man ihn mit seinen Gedanken allein, und es ist der weiteren Pflege Ida Apollonias zu verdanken, dass Johann, nachdem er begriffen hatte, dass er erblindet war, überhaupt wieder aus dem Bett aufstand, sich aber nicht aus dem Fenster des Krankenzimmers stürzte, sondern sein zweites Leben begann.

Die ersten Tage nach der Abnahme des Verbands lag er mit geöffneten Augen nahezu reglos im Bett. Nur an den Tellern, die Ida Apollonia ihm zu den Mahlzeiten hinstellte und nach ein paar Stunden leer wieder abräumte, konnte sie feststellen, dass Leben in ihm war. Sie versuchte, mit ihm zu sprechen, aber er antwortete nicht. In den Nächten dagegen benahm er sich wie ein Tobsüchtiger, er schrie und brüllte und zitterte und fasste sich mit den Händen immer wieder in die Augen, dass man ihn aus Angst, er könne sich dort verletzen, festschnallen ließ. In diesen Nächten saß sie neben seinem Bett und blieb wach, und was sie bisher noch nicht wusste, nämlich wie Schweiß unter Todesangst riechen kann, wusste sie seitdem durch ihn. Den Schweiß wischte sie ihm mit einem feuchten Tuch ab, aber das merkte er kaum. Sie mochte die fremden Wörter, die er im Traum ausstieß, und obwohl sie nichts davon verstand, kamen sie ihr weicher vor als ihre eigenen. Manche Wörter kehrten immer wieder, und eines davon konnte, so schien es ihr, *Mutter* bedeuten.

Dann wurde er auch in den Nächten ruhig, und sie musste sich über seinen Mund beugen, um seinen Atem auf ihrer Wange zu spüren. Diese Nächte neben einem fremden Mann waren die längste Zeit in ihrem Leben, die sie über sich nachdachte. Sie fragte sich, warum ausgerechnet ihr, die bisher noch nie von einem Mann beachtet worden war, plötzlich dieser zufiel, der sie nicht sah, aber unter ihren Händen langsam ruhiger wurde. Manchmal legte sie den Kopf auf seinen Brustkorb und hörte von dort in ihn hinein. Was hast du, dachte sie, warum bist du hier, und warum kommst du damit zu mir? Sein Herz schlug dann langsam und regelmäßig und ließ sie beim Zuhören so müde werden, dass sie ein paarmal mit dem Kopf auf seiner Brust einschlief.

Auf die Nächte folgten die Tage, in denen er sich zu regen begann. Zwar sprach er weiterhin kein Wort, griff aber manchmal, während sie ihm das Essen brachte, ihren Unterarm. Manchmal stand sie so minutenlang.
Bring mir eine Zeitung, sagte er einmal dabei zu ihr und sah sie mit blicklosen Augen an, ich will wissen, wo wir stehen. Es waren die ersten Worte, die er an sie richtete. Lies vor, sagte er dann, als er das Rascheln des Papiers hörte.
Ida Apollonia war zwar eine gute Krankenschwester, im Lesen allerdings ungeübt, sodass sie beide zusammen in der Geschwindigkeit, mit der Ida Apollonia buchstabierte, erfuhren, dass der Krieg mit einer Niederlage zu Ende ging, die vom Deutschen Kaiserreich bedingungslos zu akzeptieren war.
Eines Tages stand er auf einmal am Fenster, mit dem Rücken zu ihr. Sie blieb an der Tür und konnte sehen, dass sein Gesicht von der Sonne beschienen wurde.
Sie soll mich brennen, sagte er zu Ida Apollonia, als sie sich nicht bewegte, in mir ist alles schwarz. Trotzdem weiß ich, du bist da.

Das geht nicht, das mit dem Brennen und der Sonne, sagte Ida Apollonia, das habe ich schon versucht.
Dann brenn du mich, sagte er zu ihr, ich heiße Johann.

Sie heirateten in der Kirche des Dorfes, aus dem Ida Apollonia stammte und auf dessen Friedhof ihre Eltern lagen, und zogen in das Haus, das sie ihr hinterlassen hatten. Die Nachbarn schenkten ihnen zur Hochzeit einen Apfelbaum als Setzling, den Johann tastend in den Garten pflanzte, und als im nächsten Jahr der junge Baum die erste Blüte trug, sagte Ida Apollonia zu ihrem Mann, dass sie ein Kind erwarte. Das war neunzehnhundertzwanzig und machte Johann wider Erwarten zu einem glücklichen Mann.

Als das Kind auf die Welt kam, zerriss es auf der Stelle den Unterleib seiner Mutter, und dies war zwar das Ende, aber auch der Anfang für vieles, was noch kommen würde. Ida Apollonia, von Natur aus sanft, bekreuzigte sich noch einmal vor ihrem Sohn, nannte ihn nach ihrem Vater Otto, bat um die Sterbesakramente und verschied mit einem Seufzer auf den Lippen: Es hat mich verbrannt.
Mit der Geburt von Otto wurde aus dem eben noch verheirateten Mann und Vater einer Familie ein alleinerziehender Witwer, der seinen neugeborenen Sohn zwar hörte, aber nicht sah. Er konnte das Kind spüren, das ihm mit dem Tod von Ida Apollonia in die Arme gelegt worden war, wie unter seinen Schreien der ganze Körper vibrierte. Er bekam Angst, dass er es fallen lassen könnte, und hielt es der Hebamme hin, die es in die Wiege legte. Dort saß er den übrigen Tag und schaukelte das Kind, aber das Kind schrie. In der Nacht schrie es weiter, sodass er, die Hände an die Oh-

ren gepresst, das Haus verließ, weil in seinem Schreien die Schreie von Ida Apollonia nachhallten. Das Kind war etwas Fremdes, das plötzlich in sein Leben getreten war und ihm die Frau genommen hatte. So ein Kind brauchte eine Hand, die es führte, aber er wusste nicht, wohin. So saß er vor der Haustür und dachte nach, während von drinnen dumpfes Heulen durch die Wand drang und ihm seine Sicht auf die Dinge versperrte.
Am nächsten Tag klopfte es. Es war die Hebamme, zusammen mit einer Frau, an der zwei Kinder hingen, die sie als Hedwig und ihre Töchter vorstellte. Hedwig war die Tochter des Kolonialwarenhändlers der Stadt. Sie hatte den Laden ihres Vaters zusammen mit ihrem Mann weitergeführt, bis der Krieg ausbrach und ihr Mann an die Westfront kam. Seitdem hatte sie die Geschäfte allein geführt und auf seine Rückkehr gewartet, bis sie die Nachricht erhielt, dass er in Flandern gefallen war. Sie bot Johann einen Handel an. Sie würde seinen Sohn großziehen, wenn er ihr im Laden helfe. Und wenn sein Sohn sich anständig entwickelte, könne er später das Geschäft übernehmen.
Als Johann nicht reagierte, reagierte die Hebamme. Sie nahm den Säugling aus der Wiege und übergab ihn Hedwig, die ihn kurz ansah und ihm dann den kleinen Finger in den Mund steckte. Sofort begann er zu saugen. Als Johann hörte, wie das Schreien des Kindes abbrach, stand er auf und fing mit Hedwig sein nächstes Leben an.

Hedwig fühlte sich insgeheim vom Schicksal gedemütigt. Sie konnte nicht vergessen, dass sie die Tochter des Kolonialwarenhändlers war, während ihr neuer Mann für immer ein Flüchtling bleiben würde, der erst infolge seiner

Gefangennahme zum Reichsdeutschen aufgerückt war. Sie hatte sich eingeredet, dass seine Blindheit sie kaum stören würde, ja sogar etwas Günstiges für sie sei, denn Johann tat widerspruchslos, was sie ihm auftrug. Erst stellte sie sich noch selbst in den Laden, aber als sie mitbekam, wie erstaunlich sein Gedächtnis funktionierte, überließ sie ihm den ganzen Verkauf. Er hatte sich eingeprägt, wo die Waren im Laden zu finden waren, und bediente, weil er nicht erst danach suchen musste, die Kunden schneller, als sie es tat. Das war etwas, was sie sogar freute, denn sie war von Natur aus ein eher herrischer Charakter und konnte es nur schwer mit sich vereinbaren, die Wünsche anderer Leute entgegenzunehmen und sie zu bedienen, und so saß sie, weil Johann davon nichts merken konnte, im Hinterzimmer und las Romane.
Einmal bat er sie, ihm aus der Zeitung vorzulesen, weil Hitler Reichskanzler geworden war. Hedwig aber war nicht nur herrisch, sondern auch anmaßend im Wesen und hielt es für unter ihrer Würde, ihrem blinden Mann vorzulesen, was sie selbst so brennend interessierte. Der Hitler, das war ein fescher Mann, dem würde sie gern mal die Hand geben und erzählen von den Nöten hier im deutschen Hinterland, wo man aufpassen musste, dass die Kinder nicht zu viele polnische Brocken in ihr Deutsch mischten. Aber ihr Mann konnte ja nicht sehen, wie der Hitler aussah, und überhaupt wusste sie nicht, wozu er neben dem Laden noch taugte. Alle Frauen in der Stadt konnten stolz sein auf ihre Männer, die wieder eingezogen worden waren, nur sie nicht, sie hatte als Einzige diesen Siechen bei sich, der für den Krieg nicht mehr zu gebrauchen war und mit dessen Kind ein Esser mehr am Tisch saß.

Otto war ein anhängliches Kind. Von der Mutter hatte er etwas Weiches im Äußeren, vom Vater eine gewisse Unentschlossenheit im Innern. Er hatte einen großen Kopf mit niedriger Stirn, die Lippen waren voll, die Augen hingegen standen eng zusammen.
Von seinem Vater fühlte er sich magisch angezogen und hätte wie eine Klette an ihm geklebt, wäre da nur irgendein Entgegenkommen gewesen. Aber der Vater blieb unter seinen Berührungen nahezu regungslos. Wenn Otto ihm mit der Hand ins Gesicht fasste, hielt er still, als spüre er es nicht. Wenn er seine Hand nahm, um den Vater irgendwo hinzuziehen, blieb er sitzen, bis Otto aus Verwirrung zu weinen anfing. Aber auch das verlor sich und mit den Jahren wuchs Otto zu einem leicht erregbaren Jungen heran, der seinem Vater im Laden zur Hand ging und ihn dabei nie aus den Augen ließ. Er sah zu, wie Vaters Hände sich zwar langsamer vortasteten, als es die Hände der Kunden taten, wenn sie sich ihm entgegenstreckten, um ihm die Waren abzunehmen oder das Geld zu geben, sich dabei in der Richtung, in die sie sich bewegten, jedoch nie irrten, sodass jeder Kunde immer exakt die gewünschte Ware bekam. Er sah dabei zu, wie die Frauen zwar immer weniger kauften, dafür aber bald mehrmals am Tag in den Laden kamen, und wie ihre Hände die Hände seines Vaters immer häufiger berührten. Er sah zu, wie sein Vater am Anfang noch zusammenzuckte, es aber, nachdem es zur Gewohnheit geworden war, über sich ergehen ließ wie etwas, das zum Geschäft gehörte, während die Frauen bald nicht mehr nur seine Hände berührten, sondern auch ihre Schenkel aneinander rieben.
Die Frauenbesuche begannen, als Hitler Österreich an sich schloss, und fanden ihren Höhepunkt, als er Böhmen und

Mähren annektierte, und fast schien es, als leistete der Vater so seinen Dienst an der Front. Nur wenn die Männer auf Heimaturlaub waren, wurde dieser Fluss unterbrochen.
Mit der kampflosen Eroberung von Paris entwickelten die Frauen ein immer stärkeres Bedürfnis nach seinen Händen. Otto konnte dabei zusehen, wie manche Frauen abwarteten, bis sie allein im Laden waren, um sich dann vom Vater in den Hinterraum führen und gegen die Wand drücken zu lassen, wo er die Hose herunterließ und sie packte, leicht anhob und mit seinem Körper gegen die Wand presste, während sie ihre Beine um ihn schlangen und ihm mit dem Becken entgegenkamen. Wenn sie dabei laut zu werden drohten, hielt er ihnen den Mund zu, aber einige wurden dadurch noch wilder und lutschten an seinen Fingern oder bissen ihm in die Hand.
Das alles dauerte immer nur wenige Minuten, wirkte auf Otto aber abstoßend und erregend zugleich, denn er verstand zwar nicht, was er da sah, aber er war wütend darüber, dass diese Frauen bekamen, was ihm immer verwehrt geblieben war.
Es war ein ganz unerhörtes Gefühl, als er eines Tages entdeckte, dass der Teil seines Körpers, mit dem er sich sonst entleerte, auch etwas anderes produzieren konnte, wenn er nur lange genug dran rieb. Dass auf einmal etwas aus ihm rausschoss, erst weiß und dickflüssig, bevor es klar wurde, dann aber, als es wieder getrocknet war, auf dem Laken weiße Flecken hinterließ, während er matt und seltsam leer zurückblieb.
Erst als seine Stiefmutter ihn abends zu sich holte und vor seinen Vater stellte, wurde ihm klar, dass etwas Verbotenes daran sein musste, was er mit sich tat, denn zum ersten Mal

rührte sein Vater ihn an, indem er ihm mit der Gerte auf die Hände schlug. Noch während er unter den Rutenschlägen zusammenzuckte, überlegte er, wie der Vater sich so sicher sein konnte, dass er ihn traf. Er schlug mechanisch und ohne Lust, verfehlte seine Hände aber nicht ein einziges Mal.

Der Weg hatte sich nicht verändert. Kurz einen Trampelpfad die Böschung hinab, bis man auf Uferhöhe war, und dann nach rechts. Es war einiges los, Familien, Pärchen, alt oder jung, die Räder beschnallt mit wasserdichten Taschen, Isomatten und Zelten. Einer hielt kurz an und fragte, ob das der Weg zur Badestelle sei.

Wenn Sie den Zeltplatz meinen, sind Sie richtig.
Danke.
Wenn Sie die Badestelle meinen, auch.
Danke noch mal.
Es gibt nämlich noch eine Badestelle, die nach dem Zeltplatz kommt.
Vielen Dank.

Es gab hier noch wesentlich mehr Badestellen, sie kannte sie alle. Sie wusste, wo man vom Ufer aus erst weit ins Wasser gehen musste, weil es so flach war, und wo man vom Bootssteg aus gleich springen konnte. Es gab Stege, die man sich, wenn man nur lang genug dort saß, mit einer Bisamratte teilte. Es war nicht herauszufinden, wer eher da war, die Bisamratte oder man selbst, denn man hatte sie nicht kommen sehen, nur plötzlich bemerkt. Sie saß auf dem Steg, die Ratte kauerte ein paar Meter entfernt von ihr darunter, und beide wärmten sie sich an der Sonne.
Und erst das Wasser. Es konnte weich sein oder hart. Es konnte glänzen wie der Chitinpanzer eines Mistkäfers oder

so dumpf sein wie Schiefer. An Regentagen war das Wasser wie Blei. In der Sonne wurde es kokett und spielte mit den Farben. Wenn ein leichter Wind ging, war es von einem Mutwillen erfüllt, der ihm Schaumkronen auf die Oberfläche trieb. Bei stärkerem Wind aber wogte es heftig hin und her, als gelte es, einer schwierigen Lage den nötigen Respekt zu erweisen. Nur wenn es windstill war, kam es einem vor, als sähe man in einen blinden Spiegel.

Als Kind hatte sie versucht, dem Wasser sein Geheimnis abzutrotzen, indem sie es durchtauchte. Sie hatte dafür monatelang das Luftanhalten geübt. Im Winter steckte sie in der Badewanne den Kopf unter Wasser, bis es nicht mehr ging. Es wurde zu einem Spiel zwischen Hans und ihr, bei dem einer die Luft anhielt und der andere zählte. Im Sommer waren sie dann getaucht. Mit Sprung und ohne, Kopf oder Füße voran. Sprang man mit dem Kopf zuerst ins Wasser, gelangte man schneller auf den Grund. Mit den Füßen voran zu springen war sicherer, doch kam mehr Wasser in die Nase. Mit den Füßen voran tauchte man nur, um die Tiefe zu prüfen.

In manchen Sommern war das Wasser so warm, dass der See zu blühen begann. Dann musste man darauf achten, sich nicht in den Algen zu verheddern und unten zu bleiben. *Unten* hatte einen unglaublichen Widerhall, *unten* war, was man nicht sah, von wo man aber immer eine Trophäe mitbringen musste, eine Alge oder eine Muschel oder einen Stein. *Unten* war auch, wovor man Angst bekam, wenn der andere zu lange nicht auftauchte oder sich auf einen stürzte, um einen niederzudrücken, *stuken* nannten sie das, weil es so ähnlich wie *unten* klang.

Von Mutter ist nicht viel zu sehen, sie lebt in ihrer eigenen Welt. Vater bietet ihr keine gemeinsame an, trägt ihr nur seine auf. Das heißt dann Ausbessern, Flicken, Zusammenhalten, aber doch kein Nähzeug, aber doch auch nähen, aber doch mehr das, was in der Familie liegt, darum kann man sagen, dass Mutter so zuverlässig wie ein Motor schnurrt. Vielleicht liegt es daran, dass sie als Kind eine Sammeltaufe war, die man dem Pfarrer einfach mitgab, als er durchs Dorf ging.

Das nächste Mal kommt sie wieder nur mit. Da ist sie dreiundzwanzig und schon auf der Flucht. Nimmt noch, als die Familie in der Morgendämmerung hastig aufbricht, das Hitlerbild von der Wand und legt es ganz nach unten ins Gepäck. Der Winter macht den Weg von Pommern bis hierher nicht leichter. Immerhin kommen sie heil auf dem Gutshof an und werden aufgenommen. Das ist keine Selbstverständlichkeit, denn die Gutsherren werden immer knausriger mit der Aufnahme der Flüchtigen, die stinken ja wie Vieh, den Satz der Gutsherrin hat sie noch heute im Ohr. Was sie denn tun können, um ihre Anwesenheit zu rechtfertigen, werden sie bei ihrer Ankunft vom Gutsbesitzer verhört. Melken, kommt es aus ihr heraus, noch bevor der Vater zu einer Antwort ansetzen kann, darin ist sie die Beste. Niemand aus der Familie kann so gut melken wie sie. Dann zeig mal, was du kannst, die Kühe sind so lange nicht gemolken, dass es ein Wunder wäre, wenn sie dich überhaupt an ihre Euter lassen. Sind alle weggelaufen, und ihr kommt hierher und hetzt uns noch die Russen auf den Hals,

fängt der Gutsherr auf einmal an zu schreien. Komm mit, zischt die Gutsfrau dann, hast schon genug angerichtet, und zieht sie zum Stall, setz dich, fang an! Als sie an den Zitzen zieht, schreit die Kuh so sehr, dass ihr die Erinnerung wiederkommt, so was hat sie auf dem Weg hierher immer wieder gehört, vom Vieh, das da lag und noch nicht erfroren war.
Wie dann auch die Gutsbesitzer fort sind, geht das Spiel noch mal von vorn los, das heißt, ein bisschen anders ist es schon. Als der Russe ins Haus eindringt, stehen sie alle stocksteif da. Wie die Orgelpfeifen. Lohnt sich nicht, sich zu verstecken, wenn man doch gefunden wird, sagt der Vater vorher zu ihnen, es wird schon gehen mit denen, es muss. Und fängt an, dem ersten Russen, der in ihr Zimmer im Gutshaus eindringt und ihn in gebrochenem Deutsch anschreit, in seiner Muttersprache zu antworten.

Wo hast du Russisch gelernt, Mann?
Bei euch.
Nazi. Hast kleine Kinder gemordet.
Als Bauer. Ich komme von dort.
Was machst du hier?
Ich bin hierher gegangen.
Von dort?
Ich war Bauer an der Wolga. Dann sind wir ins Reich umgesiedelt worden. Dann sind wir hierher gegangen.
Gegangen. Wollt ihr bleiben, hier?
Wenn es recht ist.
Was bringt ihr mir?
Sie kann das Vieh weiter melken, sie tut das schon

die ganze Zeit, es wurde vorher lange nicht gemolken, weil die Herrschaften nur noch allein hier waren.
Die Herrschaften sind weg?
Ja.

Womit das Gespräch erst mal zu Ende ist, weil der Russe sich noch Frau und Kinder besieht. Auf einmal fängt er an zu lachen.

Alles Töchter. Kannst wohl nichts anderes.
Kann ich dann wohl nicht.

Übersetz das denen, schreit er den Vater plötzlich an, los, übersetz es deinen Übersetzertöchtern. Und das ist es dann: Sind sie die Übersetzertöchter, werden sie nicht angerührt, obwohl es rau zugeht auf dem Gut. Als sie dann in der Küche arbeiten soll, weil sie die Älteste ist, sagt sie zum Vater, wenn du mich gehen lässt, garantiere ich für nichts. Wie die Russen da feiern. Regelmäßig kommt nun einer von ihnen vorbei und versucht sie zu überreden, doch sie sagt, sie habe keine Schuhe. Am nächsten Tag stehen neue Schuhe vor der Tür, aber in die Küche geht sie trotzdem nicht, auch wenn sie die Schuhe behalten darf. So geht das die ersten Monate nach dem Krieg, und es geht gut, und das Hitlerbild hat sie da längst schon heimlich unter die Erde gebracht.
Eines Tages kommt eine neue Gruppe an. Darunter ist einer mit seiner Familie, ein paar Jahre älter als sie, um die linke Hand trägt er einen Verband und seine Kleidung ist zerlumpt. Aber er hat schönes schwarzes Haar und auch noch alle Zähne, die blitzen weiß, als er sich für die Milch

bedankt, die sie ihm gibt. Er kommt von da an immer wieder, bis der Vater sie zur Seite nimmt:

Was ist mit dem?
Der holt sich immer Milch ab.
Nur von dir?
Nur von mir.
Gefällt er dir?
Ja.

Die Heirat ist eine schnelle Sache. Worauf soll man warten, wenn der Krieg vorbei ist. Sie haben beide noch Vater und Mutter und sämtliche Geschwister, das Hochzeitsbild ist also vollständig. Ihr Kleid ist nur aus weißer Baumwolle, aber es hat einen Schleier und auf den ist sie stolz.

In der Hochzeitsnacht kriecht er ihr unters Hemd, sodass von außen betrachtet alles wie immer ist und sie zwar von innen spüren kann, wie etwas reißt, es aber nicht sieht. Bis sie schwanger wird, besteigt er sie regelmäßig, und das ist etwas, worauf er bis an sein Lebensende stolz gewesen wäre, aber der Erstgeborene nimmt kurz vor seiner Geburt die Fäuste von den Augen, sieht sich einmal um und kommt dann tot auf die Welt.
Danach steigt er jahrelang anderen Frauen nach, und sie hat sich schon daran gewöhnt, in Ruhe gelassen zu werden, bis er sich nach einem Sommertag, der so heiß ist, dass die Fische mit dem Bauch nach oben schwimmen und sich niemand vor dem Schlafengehen etwas anzieht, plötzlich auf sie rollt, davon wird sie wieder dick. Sie merkt ihm die Enttäuschung an, dass daraus nur eine Tochter wird, denn er

schiebt ihr noch im Wochenbett das Nachthemd über die Hüften und stößt so lange zu, bis sie wieder schwanger ist. Selbst getragen, selbst benannt, denkt sie sich und nennt ihre Tochter Marianne, den Sohn Hans.

Vor ihr flatterte ein Vogel auf dem Weg. Er hatte keine Schwanzfedern mehr, rieb immer wieder den Kopf an der Erde und versuchte, von ihr fortzuhüpfen, sodass es aussah wie die Bewegungen eines Betrunkenen. Das ging eine Weile so, bis sie ihn ins Gebüsch scheuchte, sie konnte sein Torkeln nicht mehr ertragen.

Das Kino am Ende des Wegs war keins mehr. Ein halbzylindrisches Gebäude aus Wellblechplatten, die von Moos überzogen waren. Früher gab es einen Zaun aus schwarzem Metall, der das Gebäude umschloss und gleichzeitig als Kanal für den Einlass diente, der stand nicht mehr. Stattdessen war das Gras so in die Höhe geschossen, dass es eine neue Umzäunung bildete. Lediglich am verblichenen Filmprogramm im Holzkasten an der Vorderseite neben der Tür war noch zu erkennen, dass das hier mal ein Kino war. *Sommerkino* stand auf dem Programmplan. Daneben hing ein Bild von einem Paar, das eng miteinander tanzte. Sie kannte den Film. Ein Mann brachte einer Frau das Tanzen bei. Dabei verliebte sie sich in ihn.

Ab hier hörte der Weg auf und ging in eine Straße über. Eine Schranke zeigte den Anfang des Campingplatzes an. Bis auf ein paar Zelte standen hier nur die Wohnwagen der Dauercamper. Früher war es so voll gewesen, dass man vor Zelten den See nicht mehr sah. Dagegen war es jetzt fast leer.

Sie ging zum Flachbau, in dem früher die Gaststätte gewesen war. Die Dachplatten waren vom Moos so zugewachsen, dass der Asbest nicht mehr durchschien. Neben einer heruntergelassenen Jalousie hing ein verwittertes Foto, auf dem ein Goldbroiler, Pommes und ein Glas Bier abgebildet waren. Daneben die Eiskarte. Ihre Farben waren längst verblichen.

Wenn man zum Wasser wollte, musste man den geraden Weg in der Mitte nehmen. Einfach über die Wiese laufen ging nicht mehr. Hunde waren an der Leine zu führen, ebenso wie man Zigaretten und anderen Müll in die dafür aufgestellten Eimer zu werfen hatte. Früher gab es dafür die Sammeltonnen, die in eigens für sie zementierten Buchten standen, und immer, wenn Vater am Sonntag seine Runde zum Frühschoppen begann, wies er sie auf die Flaschen hin, die neben den Tonnen standen. Während er trank, sammelte sie mit Hans das Leergut ein. Dabei trafen sie häufig auf einen Mann, der das Gleiche tat, der sie, wenn sie einander bei den Flaschen begegneten, anbrüllte, dass sie verschwinden sollten. Anfangs nahmen sie noch Reißaus, dann aber fanden sie heraus, wo er seinen Rundgang begann, und kamen ihm zuvor. Das Flaschensammeln wurde zum Spiel, dessen Regeln sich alle paar Wochen änderten, weil sich immer wieder jemand mit ihnen um die Beute stritt. In den Ferien gewannen immer sie, weil ihnen der ganze Tag zur Verfügung stand.
An die Flaschen schlossen sich Bucheckern und Eicheln an. Wenn der Zeltplatz sich im Herbst so weit leerte, dass am Ende nur die Wohnwagen übrig blieben, fingen sie mit dem Aufsammeln an und brachten sie dem Förster als Winterfutter für die Krippen. Es blieb dafür nicht so viel Zeit wie für die Flaschen, Herbstferien waren kürzer als Sommerfe-

rien, und neben Eicheln und Bucheckern gab es auch noch Äpfel und Nüsse, die an den Bäumen im Garten hingen und geerntet werden mussten. Weil mit den Früchten auch das Laub von den Bäumen fiel, gehörte das Harken zum Sammeln dazu. Und weil die einmal zusammengeharkten Haufen bei einsetzendem Wind wieder zu verwehen drohten, wurden sie noch am gleichen Tag verbrannt. In rasender Geschwindigkeit verzehrte das Feuer, was über Monate mühevoll gewachsen war. Damit es länger brannte, fütterten sie es mit Bruchholz. Abends ließen sie es niederglühen und bedeckten die Glut mit Laub. Am nächsten Morgen fanden sie, wenn sie das über Nacht verschmorte Laub vorsichtig auseinanderharkten, genügend Glutreste für ein neues Feuer. So ging es tagelang.

Marianne ist ein stilles Kind, das von sich aus zwar lebhafter als ihr Bruder ist, das aber nach und nach die Welt nur noch aus der Beobachtung heraus wahrnimmt. Dabei hat sie sich so weit in sich zurückgezogen, dass die Zurückgezogenheit Teil ihres Wesens wird. Sie überlegt sich manchmal, wenn sie nach dem Zubettgehen in der Kammer auf dem Dachboden erst in zwei Betten liegen und dann doch wieder in einem, warum sich die Dinge umgekehrt haben. Früher hat sie sich immer zu Hans gelegt und ihn in den Schlaf gewiegt, weil das sonst niemand tat. Nur sie mit ihrer Puppe, aber das zählte nicht so viel wie das mit Hans. Dann holte sie ihn irgendwann hinüber in ihr Bett, und schließlich kam er von allein. Für den Schlaf, Marianne, dann bleibt das Bett auch trocken. Doch je härter Vater ihn rannimmt, desto mehr wird sie für Hans zum Mädchen, also schläft ab einem bestimmten Alter wieder jeder für sich allein.
Hans ist nicht so schnell im Begreifen dessen, was ein Junge tun soll. Bis es so weit ist, hat er einige komische Angewohnheiten entwickelt. Zum Beispiel plinkert er immer mit dem rechten Auge, was Vater für eine Marotte hält, was soll der Junge zum Arzt deswegen. Darum hat Hans, als die Reihenuntersuchung zum Schulanfang ergibt, dass er auf dem rechten Auge sehschwach ist, dort nur noch dreißig Prozent Sehkraft, was sich zwangsläufig auf seine schulischen Leistungen auswirkt. Hans sieht schnell ein, dass er von Schule nicht so viel versteht, und fängt gleich nach der achten

Klasse eine Lehre an. Die Tiere, vor denen er als Kind am meisten Angst hat, sind neben den Gänsen die Schweine, das ist Vater Grund genug, ihn als Lehrling in die Schweinemast zu stecken. Trink man erst mal einen, Junge, dann geht das von ganz allein, und wenn der Eber dir zu blöd kommt, gibst du ihm mit der Schaufel ordentlich eins auf den Arsch.

Aber auch das Mannwerden will gelernt sein, weswegen Vater Hans schon früh zum Schlachten mitnimmt, während Marianne lediglich die Köpfe der Hühner und Enten vergräbt.

Der Hauklotz, auf dem geschlachtet wird, stammt von einer Birke, die der Blitz getroffen hatte, sie war derart in sich zusammengefallen, dass nur ihr Stumpf übrig blieb, auf dem hackt Vater nun das Holz für den Winter. Dafür hat er vier Äxte und neun Beile unter die Schuppendecke geschoben, doch nur das schärfste von ihnen wird benutzt. Für Hühnerhälse reicht ein Beilchen, sagt er zu Hans, mit der Axt versuchen wir es später. Anfangs hilft er noch nach, wenn Hans das Huhn so ungeschickt trifft, dass Kopf und Leib weiter aneinanderhängen. Doch schon bald lässt Hans fast wie von selbst das Beil fallen, bis es rot aus dem Hühnerhals spritzt, während der kopflose Leib in Schlangenlinien den ganzen Hof durchquert und mit seinem Blut den Boden besprengt.

Kennst du die Sage vom Störtebeker?, fragt Marianne ihn nach seiner ersten Schlachtung abends zwischen den Betten. Der ist ohne Kopf noch an zwölf Kameraden vorbei, um sie vor dem Tod zu retten. Sie mussten ihm erst ein Bein stellen, dann fiel er um. Da fängt Hans an zu lachen. Mensch, das sind doch nur Hühner. Hör zu, Marianne, sagt er dann noch ganz ruhig zu ihr, du bist da und ich bin hier, aber schon in der Wiederholung wird er lauter, bis er es schließlich grölt: Du bist da und ich bin hier! Ich hack sie ab, und du sammelst sie auf, du vergräbst sie dann, aber ich hack sie ab, und du nimmst sie aus, ich hack sie ab, und du bist raus –

Nachdem Hans sich in den nächsten Tagen wieder und wieder seinen Reim darauf macht, wird es ihr zu bunt, und sie geht mit ihm hinunter zum See, damit er sich ein Bild machen kann von dem, was er da immer abhackt und sie dann vergräbt.
Im Uferholz liegt ein Schädel, den hat sie dort gefunden, den zeigt sie ihm. Hans' Augen werden weit.

Fass mal an.
Ich hab aber Angst.
Es ist doch nichts dabei.
Ich muss gleich weinen.
Komm, wir gehen angeln.
Aber wir haben keine Angel.
Wir bauen uns eine.
Aber wir können doch gar nicht angeln.
Mit einer Angel können wir auch angeln.
Nur Vater geht angeln, wenn er bei den Fischern ist.
Wir können das auch,

meint Marianne, das ginge ganz leicht, sie müssen nur die Rohre des im Wasser treibenden Schilfs zu sich auf den Bootssteg ziehen und dann etwas von den frischen Halmen daran binden. Mit einem Achterknoten, ich zeig dir, wie ein Achterknoten geht. Aber da hat Hans schon mit dem Weinen aufgehört und begonnen, wie sie nach dem Schilf zu angeln. Aber nachmachen ist nicht dasselbe wie vormachen! Er muss sich zu weit vorgebeugt haben, denn auf einmal liegt Hans im Wasser. Aber er kann doch gar nicht schwimmen! Aber er scheint es nicht zu bemerken, denn er liegt einfach da. Aber er muss sich doch bewegen! Nützt nichts, Marianne springt hinterher, dreht ihn vom Bauch auf den Rücken und sieht, dass seine Augen offen stehen. Aber du kannst doch gar nicht schwimmen!, schreit sie und schlägt ihm vor lauter Verzweiflung ins Gesicht, bis er heult. Gleich tut er ihr leid und sie drückt ihn wieder und wieder an sich wie ihre Puppe. Da stehen sie beide im Wasser, er bis zur Schulter, sie bis zum Bauch, denn so tief ist es hier gar nicht.

Sind wir baden gegangen?, sagt Marianne auf einmal, sind wir baden gegangen, Hans?
Sind wir.
Und haben wir das gern getan?
Ja.
Wir müssen unsere Sachen trocknen.
Ja.
Dann zieh sie aus.
Aber man zieht seine Sachen doch erst vor dem Schlafengehen aus.
Sie sind nass, zieh sie aus. Ich zieh meine auch aus.
Ich muss mal.
Dann mach doch in den See.
Guck mal, was ich kann.
Lass mal, Hans.
Guck doch mal.

Ich kann Klavier spielen auf dir.

Das kitzelt –

Was macht ihr da, seid ihr Blagen verrückt geworden?, schreit auf einmal eine Stimme hinter ihnen, und plötzlich steht Vater auf dem Steg. Schnell klettern sie aus dem Wasser und laufen an ihm vorbei, so ein Theater. Marianne rennt gleich bis auf den Dachboden und verkriecht sich in ihr Bett. Hans läuft zur Mutter. Eine Weile ist es still, aber nur so lange, bis das dumpfe Klatschen beginnt, ab da schreit Hans wie am Spieß, und warum geht sie nicht hinunter und schaut sich das an, warum geht das jetzt nicht, auf gar keinen Fall, warum fängt gerade jetzt ihr Körper so an zu zittern, dass ihr die Zähne klappern, warum tut der Mensch nichts und hat dabei Angst?

Es kümmert sie kaum, was unten geschieht, sie will nur, dass es zu Ende ist. Wichtig ist allein, sich die Ohren gut zuzuhalten. Marianne presst ihre Hände auf die Ohren, bis diese ganz verknautschen. Schließlich liegt nichts mehr in der Luft als Stille, doch sie lässt ihre Ohren nicht los. Sie scheint ihr Gedächtnis verloren zu haben bei all dem Geschrei, was geschehen war, ist ihr egal, Hauptsache, es ist vorbei. Den restlichen Tag bleibt sie, wo sie ist, und geht ohne Abendbrot ins Bett. Nachts wacht sie auf. Hans ist wieder da. Sie schleicht zum Bett, um seinen Atem zu hören, und fasst, weil der stoßweise geht, in sein Gesicht. Das ist heiß und geschwollen, selbst im Schlaf zuckt er zurück. Hans ist wieder da, und sie muss mal. Ganz leise tritt sie auf die Treppe und zählt die Stufen, die nach unten führen. Es dauert nicht lang, da kann sie ihren Fuß im Nachtlicht erkennen. Nicht nur ihr Fuß, noch etwas anderes liegt da auf der untersten Stufe und starrt sie an. Marianne geht in die Hocke, um mit den Händen das Ding zu ertasten, das sich als der Schädel aus dem Schilf entpuppt. So bleibt sie lange. Erst als sich neben dem Schädel eine Pfütze gebildet hat, geht sie zurück ins Bett.

Und nun? Liegt sie so gerade auf dem Rücken, wie Hans im Wasser auf dem Bauch gelegen hat, und hält die Augen offen. Warum schläft man nicht, warum pocht das Herz so, warum tut der Mensch nichts, wenn nicht aus Angst? Wenn man Angst hat, muss es ganz still sein, damit man unbemerkt auf der Welt bleiben kann. Warum kann sie nicht einschlafen, warum bleibt ihr der Mund dabei auf? So hält sie eine Hand gegen die Rippen gepresst, an der Stelle, wo das Herz schlägt, nicht Armdrücken, Herzdrücken, bis sie gewinnt, bis sie einschlafen kann.

Am nächsten Morgen ist sie allein im Zimmer. So leise wie möglich geht sie nach unten. Vom Schädel ist nichts mehr zu sehen, sodass sie weiter in die Küche läuft. Dort ist niemand, nur ein paar Fliegen umschwirren einen Krug mit Blut, es würde Schwarzsauer zum Mittag geben. Wer nichts Heißes essen kann, kann auch nicht schweigen, sagt Mutter immer, wenn Marianne den Eintopf nicht essen will, du weißt nicht zu schätzen, was gut ist.

Sie muss mal und hockt sich über den Eimer, in dem Mutter das Abwaschwasser für den Garten sammelt. Plötzlich fährt ein Geräusch durch die Luft, das wie ein Peitschenknall klingt, schneidender noch als die Tiefflieger, wenn sie am Himmel die Schallmauer durchbrechen. Sie läuft ins Freie, um nach dem Grund zu sehen. Auf dem Hinterhof steht Hans neben Vater. Mit der einen Hand zeigt Vater in den Himmel, in der anderen hält er das Luftgewehr. Marianne folgt seinem Arm, bis sie den Schädel sieht, wie er, auf einen Pfahl gespießt, von der Mitte des Hühnerhofs aus seinen Augenhöhlen auf sie herabsieht. Es presst ihr den Atem ab und formt ein Geräusch aus der entweichenden Luft. Hans entdeckt Marianne und zeigt auf sie. Vater sieht seine Tochter kurz an, bevor er mit dem Gewehr eine Krähe verfolgt. Als er abdrückt, fällt sie wie eine Eins auf die Erde. Wer den Schaden hat, spottet jeder Beschreibung, sagt Vater noch, bevor er die Krähe anstelle des Schädels an den Pranger über den Hühnerhof hängt, es gibt nur einen Hahn. Marianne, vergrab den Schädel hier, wo die Krähe hinfiel.

Die Badestelle war nahezu unverändert: ein leichter Bogen, der an den Rändern ins Schilf ausfranste. Unter den Füßen knirschte Kies, über allem ragte der Rettungsturm. Er war unbesetzt, obwohl er bis auf den Rost, der sich an der Leiter gebildet hatte, noch gut in Schuss zu sein schien. Ein paar Schritte weiter stand immer noch das Klettergerüst, dessen himmelblaue Farbe nichts von ihrem Leuchten verloren hatte. Dafür waren die Schaukeln und die Wippe nicht mehr da, vielleicht waren sie zu instabil gewesen, um die Jahre zu überstehen.

Am Ufer lag ein Schwanenpaar mit seinen Jungen, alle noch im grauen Pelz. Ihr war schon immer klar gewesen, was die Geschichte vom hässlichen Entlein bedeuten sollte, denn sie wusste, wie ein Schwan aussah, wenn er jung war, sodass sie in der Schule sogar einmal zurechtgewiesen wurde, weil sie es nicht hatte abwarten können und die Geschichte auflöste, noch bevor die Lehrerin mit dem Vorlesen fertig war, und ihr damit die Pointe nahm.

Die beiden Alten hatten sich aufgerichtet, ihre Flügel gelockert und fauchten sie an. Ein Schwan kann einem schnell gefährlich werden, hatte Vater immer gesagt, mit seinem Flügelschlag bricht er dir leicht den Arm. Dass man sich daran immer wieder erinnert.

Wenn im Winter das Eis auf dem See über zehn Zentimeter dick wurde, ließ er sie rauf. Er prüfte das nach, indem er vom Bootssteg aus mit der Axt ein Loch hackte und dann mit dem

Stiel Maß nahm. Das Eis musste so dick sein, dass es ein Auto tragen konnte, erst dann durften sie es betreten. Vorher mussten sie versprechen, sich von den Stellen fernzuhalten, an denen sich Vögel versammelten. Die Vögel saßen dort die ganze Nacht und hielten mit ihrer Körperwärme das Eis offen, sodass man, selbst wenn der See schon ein Auto tragen konnte, dort einbrechen würde.

Der See fror nicht jedes Jahr zu. Zu Weihnachten kletterte das Thermometer häufig wieder ins Plus, sodass man in den Regen sah. In manchen Jahren jedoch fiel die Temperatur schon im Dezember unter null und blieb dort noch den ganzen Januar. Die Luft war dann anders, sie schnitt beim Atmen und war von einer Kälte, die sich an allem festbiss, was nicht vor ihr geschützt war. Dann begann man unruhig zu werden und lief jeden Tag hinunter zum See, um zu beobachten, wie das Wasser in Eis überging. Es ließ sich am Anfang immer Zeit und schien einen zu verhöhnen, denn es lag tagelang nur unbeweglich da und sah aus wie das Blei an der Angel. Sie aber behielten das Thermometer im Auge, denn sie wussten, dass man, wenn die Temperatur sich hielt, nur lange genug warten musste. Das Eis kroch in ihre Träume. Es spaltete sich vom Mondlicht ab und fiel nachts durchs Fenster ins Dachzimmer ein, wo sie unter dicken Federbetten schliefen. Sie hörten das Wasser immer bleierner werden, hörten es sich allmählich verdichten, hörten, wie sich erste Eisnadeln bildeten, die anfangs noch wie Schwemmholz oben trieben und sich dann knisternd zusammenzogen, bis das Knistern in ein Knacken überging und aus den Nadeln Schollen wurden. Tagsüber prüften sie an den Pfützen, die ein vergangener Regen zurückgelassen hatte, wie dick das Eis schon war. In der ersten Woche war der Stock noch nass, wenn man mit ihm durch die Oberfläche stieß. Ab der zweiten Woche schon nicht mehr. Diesen Stock zeigten sie Vater. Er glaubte ihnen nie, ihr Beweis kam ihm immer um Tage zu früh. Stattdessen nahm er einen Eimer aus Emaille, ließ Wasser ein und stellte ihn über Nacht nach draußen. Nach drei Nächten war die Eisschicht so dick, dass Vater ihr nur noch mit dem Beil beikam. Daraufhin zog er wortlos die Axt unter dem Schuppendach hervor, schulterte sie und ging zum See. Wenn er wiederkam, dann mit einem geknurrten *Ist gut*, was einer Erlaubnis gleichkam.

Nicht immer war das Eis zu sehen. Manchmal lag es unter einer dünnen Schneedecke, die man, wenn man Schlittschuh laufen wollte, erst wegschaufeln musste. Oft war das Eis auch uneben, weil der Schnee über Nacht festfror oder weil ein heftiger Wind wehte, der die Eisschollen auftürmte, als wären sie erstarrte Wellen. In den Jahren aber, in denen die Kälte am beißendsten war, kam kein Wind auf, sodass das Mondlicht wie ein Suchscheinwerfer auf die unbewegte Fläche fiel. Das Eis lag dann da wie hingegossen und ließ einen alles sehen, was zwischen Oberfläche und Grund geschah. Dicke Blasen, von denen man nicht wusste, ob sie mit Luft gefüllt waren oder nur eine Hülle, ähnlich der Inklusen im Bernstein. Fische, die regungslos verharrten, Vögel, die sich nicht mehr von der Oberfläche erhoben, weil sie festgefroren waren. In diesen Jahren sahen sie vielen Schwänen zu, wie sie erst verzweifelt die Flügel bewegten, um dann immer matter zu werden, während die Wärme sich aus ihren Körpern stahl, bis sie irgendwann tot dalagen, die Hälse neben die Körper gelegt. Die Tiere taten ihnen leid, aber sie gingen nicht hin, um ihnen zu helfen, weil Schwäne immer gefährlich blieben. Sie waren stattdessen vom Bootsschup-

pen bis zu dieser Bucht hier gegangen, um sich vorzustellen, dass dies der Friedhof der erfrorenen Schwäne war.
Aber das war lange her, und wenn etwas lange her ist, dann ist es auch weit weg. Wenn man wollte, war hier nichts mehr wie früher, also gab es auch kein Früher mehr. Wozu sich dann erinnern. Kann sein, dass es ein Ungeheuer gibt, das sich Gedächtnis nennt und einen ansieht, als wär nichts dabei. Kann sein, dass dieses Ungeheuer Ähnlichkeit mit einer Sphinx hat, aber mit einer, die ihr Rätsel nicht stellt. Die ganze Zeit über sitzt man ihr zu Füßen und wartet und wartet, während sie einen nur von oben herab ansieht. Es interessiert sie, dass man sich vor ihr ängstigt, die Angst über Jahre hinweg ist etwas viel Spannenderes als diese kurze Spanne zwischen einem Rätsel, das sie aufgibt, und der Tatsache, dass jemand es löst oder sie ihn verschlingt. Man selbst hingegen gewöhnt sich mit den Jahren daran, dass es sich leben lässt mit der Angst. Dass die Angst langweilig werden kann. Es kümmert einen nicht mehr, dass man nicht freiwillig mit einer Sphinx die Zeit verbringt. Nur manchmal wird einem unbehaglich dabei. Anfänglich schmiedet man noch Pläne und trainiert seine Gedanken auf die vielen Möglichkeiten, die zwischen einem Ereignis und seiner Ursache liegen, damit man bereit ist, wenn das Rätsel kommt. Mit den Jahren verliert sich auch das, und man sitzt nur noch da und darüber vergeht die Zeit.
Nicht auszudenken, wie das hier weiterging. Immer, wenn sie nach ihrer Kindheit gefragt wurde, sagte sie, dass diese in einem anderen Land lag und von dort nicht einfach hervorgeholt werden konnte. Man brauchte einen Pass, um in dieses Land zu kommen, weil es seine Grenzen so scharf bewachte wie kein anderes. Dass man aber, selbst wenn

man noch über einen Pass verfügte, nicht mehr dorthin reisen konnte, weil es bereits eingegangen war, eingegangen in das Land, in dem sie jetzt lebten. Es sei doch außerdem hinlänglich bekannt, dass die Kindheit kein Garten Eden ist und dass, wer nicht von ihr lassen will, daraus vertrieben wird. Dann lächelte sie und ging zu einem anderen Thema über. Zögerte ihr Gesprächspartner, fragte sie ihn höchstens noch, ob er unbedingt daran erinnert werden wolle, wie er als Kind ins Bett gemacht hatte, das hätten sie doch alle, nicht wahr? Dann ging auch er zu einem anderen Thema über.

Vater braucht man mit Schreiben gar nicht erst zu kommen, damit macht man keinen Staat, sagt er zu seiner Frau, schreib du, ich unterzeichne dann. Was dazu führt, dass Mutter neben Einkaufszetteln, Amtsbriefen und Glückwunschkarten jedes Jahr zu Weihnachten die Post an die Verwandten schreibt. Am Nachmittag des ersten Weihnachtsfeiertages, wenn Vater zu den Fischern geht, um das Fest zu wiederholen, beugt sie sich am großen Esstisch über das Papier.

Man muss reinen Tisch machen mit dem Jahr, sagt sie einmal zu Marianne.
Und Vater?
Macht seinen Tisch woanders rein.

Einmal kommt er nicht allein nach Haus, sondern wird von zwei Fischern gestützt. Die Kleidung klebt ihm am Leib, er zittert und hört auch nicht auf damit, als die Fischer ihn auf einen Stuhl sinken lassen. Da wird Mutter eine andere.

Was ist mit ihm?
Er ist ins Eis eingebrochen.
Wie ist das passiert?
Wir sind zu den Reusen hin. Müssen eine dieser Vogelstellen übersehen haben. Da ist das Eis nicht so fest.
Und dann?

Wir hatten jeder einen Stock dabei, mit dem haben wir den Weg kontrolliert.

Und?

Erst gab es ein dumpfes Geräusch, als stöhne das Eis. Er hatte gerade sein Gewicht auf den Stock verlagert, da geriet er ins Wanken. Dann brach er ein. Als hätte der See ihn verschlucken wollen. Er konnte gerade noch seine Arme ausstrecken, sodass er nicht unters Eis geriet. Wir haben ihn an unseren Stöcken herausgezogen. Das hat gedauert. Und immer hat das Eis um uns gestöhnt.

Hat er getrunken?

Dein Mann wollte euch einen Hecht mitbringen.

Hat er getrunken?

Luise, wenn du Hilfe brauchst –

Ich brauche einen Mann, der zur Arbeit gehen kann. Und nun verschwindet, er muss aus den Sachen raus.

Der Arzt stellt eine Lungenentzündung fest und schreibt Vater für die nächsten Wochen krank. Die Tage ordnen sich ganz seiner Krankheit unter. In dieser Zeit kommt es Marianne vor, als könne sie spüren, dass sie wachse. Ihr Vater ist ihr immer als mächtiger Mann erschienen, einer, zu dem man aufschauen muss. Nun sind seine Wangen eingefallen, und in seiner Brust rasselt es bei jedem Atemzug. Sie hilft Mutter die Tücher an seinen Waden zu wechseln, sie nimmt die heißen und macht sie wieder kalt. Noch nie zuvor hat sie ihn im Bett liegen sehen. Zum ersten Mal sieht sie sich sein Gesicht an wie etwas, das man sich einprägen soll. Seinen großen eckigen Kopf mit dem hervorspringenden Kinn, das nun ganz stoppelig ist. Die Augen sind weit in den Höhlen und dort, wo die Mundwinkel herunterhängen, haben sich tiefe Falten eingekerbt. Über den buschigen schwarzen Augenbrauen die niedrige Stirn. Seine Haare liegen ihm in Strähnen unordentlich um das Gesicht. Auch aus Ohren und Nase wachsen Haare, das kann Marianne sehen, denn beim Ausatmen bewegen sich die Nasenhaare immer ein wenig mit.

Die ersten Wochen schläft Vater nur. Erst als die Kinder die Hausaufgabe bekommen, Eisblumen von den Fenstern abzumalen, kommt er wieder zu sich. Als sie sein Kopfkissen aufschüttelt, greift er mit der Hand nach ihr.

> Gut Nacht, Marie, auf dem Fensterbrett liegt Geld.
> Soll ich die Mutter holen?
> Du bist das.
> Soll ich die Mutter holen?
> Hol mir erst Hans.

Hans, der von Marianne an Vaters Bett geschoben wird und nicht weiß, was er tun soll, bis der plötzlich die Augen öffnet und ihn an sich zieht. Hans, der sich nur steif machen kann. Vater, dem es schließlich gelingt, ihn zu sich herunterzuholen und ihm einen Kuss auf die Stirn zu drücken. Der dabei feuchte Augen bekommt.
Doch die Ruhe tut ihm gut, er erholt sich von Tag zu Tag. Bald liegt er nicht mehr im Bett, sondern sitzt wieder am Stubentisch. In dieser Zeit ist er ein anderer. Einer, der sich seine Kinder auf die Knie setzt, um mit ihnen ein Buch anzuschauen, in dem sämtliche Pflanzen und Tiere der Umgebung abgebildet sind.

Damit man weiß, mit wem man es zu tun hat. Ich werde es euch zeigen. Das ist der Fuchs, ein falscher Kumpan. Und da das Wildschwein. Keiler heißt der Mann.

Und die Frau?

Bache.

Und das Kind?

Frischling, junger Mann.

Der Frühling kündigt bald darauf sein Kommen mit ein paar Sonnentagen an, die beinahe warm anmuten, denen aber der Wind immer noch einen klirrenden Unterton mitgibt. Diese Tage wechseln sich mit denen ab, in denen der Winter wiederkehrt. Dann ist der Frühling wie von der Bildfläche verschwunden, und nur die Blitze geben ein unruhiges Licht von sich, während der Regen die Luft in ein Sieb verwandelt. Vater setzen die Wetterumschwünge besonders zu. Er verliert das Interesse am Bestimmungsbuch, wandert ziellos durchs Haus und fährt seine Kinder an. Ob sie nichts zu tun hätten, ob sie nicht in die Schule müssten, wofür arbeite er eigentlich, seinetwegen könnten sie ihn mal gern haben. Die Wutausbrüche wechseln sich ab mit Momenten, in denen er wieder duldsam ist. Einmal, als gerade wieder die Welt im Regen verschwindet und die ersten Donnerschläge des Gewitters ihnen durch und durch gehen, sitzt Vater mit Marianne und Hans in der Küche und fragt sie nach ihren Wünschen, nur um zu sagen, dass auch er sich etwas wünsche. Das verstehen sie, obwohl ihnen dabei nicht wohl zumute ist. Mutter ist zum Einkaufen in die Stadt gefahren, und Marianne denkt noch, es wäre etwas Verschworenes daran, mit Vater in der Küche zu sitzen und die Sekunden zu zählen, die zwischen Blitz und Donner vergehen, so weit

ist das Gewitter noch von uns entfernt, erklärt er nach jedem Donnerschlag. Dann erzählt er die Geschichte vom Wettlauf zwischen Hase und Igel. Er sagt, dass der Igel immer früher ankommt als der Hase, aber er sagt nicht, warum, und dass die Zeit zwischen Blitz und Donner sich verkürzt, wenn das Gewitter näher kommt. Stattdessen schlägt er ihnen eine Wette vor. Das schafft ihr, so groß bist du auch schon, Hans, dass du mit deiner Schwester von der Haustür zum Schuppen nur so lange brauchst, wie die Sekunden zwischen Blitz und Donner sind, ich zähl auf euch. Und bringt mir eine Flasche Bier als Pfand mit.
Dass die Zeit zwischen Blitz und Donner sich verkürzen kann, bekommt Marianne erst auf dem Rückweg zu spüren, als Hans nach einem Donnerschlag, der die Luft zu zerreißen scheint, aufschreit und stehen bleibt, während hinter ihnen etwas Großes krachend zu Boden fällt. Da kommt Vater aus der Tür und reißt sie aus dem Spiel, das ihnen schon bis unter die Haut gefahren ist. Dass Hans dabei einen Schuh verliert, geht genauso unter wie der Hagel, der mittlerweile auf alle niederprasselt. Drinnen hält er Hans eine Armlänge von sich, wie um zu prüfen, ob er etwa geschlagen ist, aber als er sieht, dass der Junge die Finger beider Hände um Hals und Bauch der Flasche geklammert hält, löst er sie nur aus der Umklammerung und meint, gut, und jetzt zieht euch andere Sachen an, dann hört das Zittern auf. Als beide wieder in trockenen Tüchern sind, nimmt er sie auf die Knie und sagt: Feine Kinder, und nun hört euch den Hagel an, er prasselt wie Trommelfeuer auf das Dach.

Was ist eine Trommel?
Ich kann eine bauen.

Und ein Klavier?
Auch das.

Am nächsten Morgen ist es Mutter, die ins Dachzimmer kommt und ihnen beim Anziehen zusieht, damit sie die blauen Flecken zählen kann, die ihnen bei all der Trommelei gewachsen sind.
Wir wollen ein Klavier, das wünschen wir uns, ruft Hans der Mutter ins Gesicht, während sie ihm das Hemd überzieht, es macht Klänge wie eine Trommel, und die Klänge einer Trommel kennen wir schon.
Vielleicht ist uns ja über Nacht eins gewachsen.
Hans rennt schon nach unten, nicht mal seine Schuhe hat er an, nur das Hemd in die Hose gesteckt, und sucht so lange im Haus nach einem Klavier, bis er vor Enttäuschung anfängt, mit den Füßen gegen die Türen zu treten.
Vielleicht steht ja draußen eins, sagt Vater und deutet auf eine alte Wurzel, die er einmal von einem Spaziergang mitgebracht hat und die wie ein Hocker aussieht. Er hat einen Topf mit Schneeglöckchen draufgenagelt, jetzt haltet mal euren Kopf ganz dicht daran, bis ihr etwas hören könnt, denn von dort kommt die Musik aus dem Klavier.

Wie sie beide minutenlang ganz still sind und Mutter ganz leise zu Vater sagt,

was hast du dir nur dabei gedacht. Erst schickst du sie in den Regen und dann versprichst du ihnen ein Klavier.
Sie haben sich eins gewünscht.
Das ist keins. Wir haben kein Geld dafür.

Sie denken aber, dass es eins ist.
Das kannst du nicht.
Wir müssen es ihnen nur immer wieder genau so sagen,

während Marianne weiß, es ist ein Zauber, den nur sie versteht, und sich heimlich eine Wimper ausreißt, damit er eine Weile hält.

Die Sperre war so niedrig, dass man sie im Sprung nehmen konnte. Es zog kurz und heftig in den Kniekehlen. Sie wurde das Gefühl nicht los, sich auf doppelte Art und Weise fortzubewegen. Während sie die Anhöhe hochlief, die sich hinter der Schranke erhob, raste sie mit ihrem Fahrrad den Berg herunter, bis sie schließlich die Absperrung in einem Salto überflog, indessen das Fahrrad unter ihr ausscherte und geradeaus ins Gebüsch fuhr. Aber das war schon wieder nicht richtig, denn in Wirklichkeit war der Berg nur eine Erhebung, sie konnte bloß nicht aufhören, ihn als Berg zu bezeichnen. Sie ging absichtlich schneller, wie um zu beweisen, dass es nur eines von beidem geben konnte. Wie konnte es sein, dass es immer noch zwei Ansichten gab? Alles hatte sich verändert, aber sie kam nicht umhin, es wieder in den Abständen und Distanzen wahrzunehmen, in die sich die Welt gegliedert hatte, als sie Kind war.

Das erste Haus auf dem Berg war keins mehr. Das Glas in den Fenstern war zersplittert. Die Wände waren voll mit Graffiti. Im Innern lagen leere Flaschen, Lumpen und altes Papier. Es roch nach Urin. Es mussten nicht unbedingt Menschen sein, die so hausten, dafür lebten hier zu wenige. Eher war das hier zu einem Versammlungsplatz streunender Katzen geworden. Man könnte es Baracke nennen und einfach weitergehen. Das ging aber nicht. Links an der Wand musste die Fleischtheke gewesen sein, hinter der Mutter immer stand und von der sie ihr manchmal, wenn sie sie abholte, eine Scheibe Wurst gab.

Etwas weiter den Weg entlang stand wieder ein Haus. Das war das Haus des Schusters. Hierhin hatte sie immer die Schuhe gebracht. Es sah noch so aus wie früher, mit dunklen Bohlen als Wand und einem roten Ziegeldach. So eine Mischung aus Bootshaus und Bungalow. Nebenan ein Anbau, niedrig und mit Wellblechdach. Das war seine Werkstatt. Wenn man hineinkam, stand man inmitten von Schuhen. Sie standen um einen herum und hingen an den Wänden und gaben einen Geruch von Leder von sich, der sich mit dem Tabakduft aus der Pfeife des Schusters verband.
Hinter dem Schusterhaus begann ein Weg, der in den Wald führte. Kein Tourist verirrte sich hierher, dieser Weg war nur den Einheimischen bekannt. Ihr war unwohl bei dem Gedanken, immer noch eingeweiht zu sein, diesen Weg war sie immer zurückgegangen, nachdem sie die Schuhe abgegeben hatte.
Der Weg war kaum zu erkennen. Es war mehr ein Trampelpfad, der sich wenig vom Boden abhob. Die meisten Bäume waren Birken. Nicht alle dieser Birken lebten noch, einige waren nur noch Stamm. Sie staken im Boden wie von Riesen eingerammt. Ihr fielen die Hünengräber ein, die hier überall zu finden waren, vielleicht war ja etwas dran an den Geschichten, dass die dort Begrabenen das Leben aus der Erde saugten.
Es hatte wieder zu regnen begonnen. Der Regen ging in feinen Tropfen nieder, war kaum zu spüren, mehr zu hören, wenn er aufs Laubdach traf. Am Boden lagen noch Blätter vom letzten Jahr. Ein feuchter Teppich, der an ihren Sohlen kleben blieb. Unwillkürlich lief sie schneller, um nicht durchnässt zu werden, aber das stimmte nur halb. Sie hatte das Gefühl, dass ihr jemand folgte. Sie versuchte, ihn aus

den Augenwinkeln zu erkennen, doch jedes Mal, wenn sie sich umdrehte, war er verschwunden.
Am Wegrand lag etwas Rotes. Es war ein Fuchs. Sie erschrak und blieb stehen. Sämtliche Kinderängste aus Märchenzeiten standen auf einmal Gewehr bei Fuß. Füchse waren schlau, sie lagen nie einfach nur da, sie spielten einem immer etwas vor.
Doch der Fuchs bewegte sich nicht, obwohl er sie längst gewittert haben musste. Vorsichtig trat sie näher. Er lag auf der Seite, die Augen geschlossen, lebte aber noch, denn er hechelte seinen Atem flach aus den Flanken. Seine Augen waren zu schwarzen Schlitzen verengt. Um das Maul klebten Schaumblasen.
Sie nahm einen Stock und stach ihm in die Seite. Der Fuchs öffnete die Augen und hob den Kopf etwas an. Sie sprang zurück, stieß einen Schrei aus, den sie im Ansatz bereits zu ersticken suchte, sodass aus dem Schrei nur ein dumpfes Keuchen wurde. Wie ein Kind hatte sie sich den Stock genommen und damit nach dem Fuchs gezielt. Hier hatte jede Selbstkontrolle versagt. Es juckte unter ihren Achseln, der Schweißgeruch vermischte sich mit dem des Tiers.
Der Fuchs hatte längst wieder den Kopf abgelegt, als etwas Schwarzes aus dem Unterholz auf sie zuschoss. Neuer Schweiß brach scharf aus ihren Poren. Erst war das Erschrecken ein Ruck durchs Herz, dann zwiebelte es bis in die Körperenden. Etwas kam direkt auf sie zu. Sie hörte ein Hecheln. Gleich würde es sie anspringen und sich in sie verbeißen. Sie riss die Hände hoch und hielt sie angewinkelt vor die Brust. So blieb sie stehen, ohne sich zu rühren, während die Angst sich im Magen erhob und den Körper flutete.

Der Hund sprang an ihr vorbei, stellte sich neben den Fuchs und bellte ihn an. Plötzlich ertönte ein lauter Pfiff. Wie von einer unsichtbaren Leine gezogen hielt der Hund inne und schnellte zurück.

Sie sollten den Fuchs nicht anfassen. Könnte sein, dass er die Tollwut hat. Der Jäger sah besorgt aus. Schade. Schönes Tier. Ein Rüde. Er tätschelte seinem Hund den Kopf. Man muss ihn loben. Ich bilde ihn gerade aus. Er hat den Fuchs ordentlich verbellt. Sagen Sie auch was zu ihm.
Gut.
Das reicht nicht. Sie müssen ihn ansprechen.
Das hast du gut gemacht.
Ich werde Bescheid sagen. Mitnehmen kann ich ihn jetzt nicht. Sie sollten auch weitergehen. Kennen Sie sich aus?
Ich bin von hier.
Dann muss ich Ihnen ja nichts erklären. Sie kennen die Brücke, die da hinten kommt?
Ja.
Passen Sie auf. Die ist nicht mehr ganz stabil.
Danke.

Mit dem Größerwerden bekommen die Ereignisse Schatten. Die Krähe, die über dem Hof hängt, ist ganz zerrupft, als Vater sie vom Pfahl nimmt und auf den Misthaufen wirft. Die Frau, die das Hühnerfutter verkauft hat, ist mittlerweile tot, und wenn es nichts mehr zu verfüttern gibt, holt auch der Habicht keine Henne mehr. Eine Weile treibt er die Hühner noch die Böschung hinab auf die Wiese zwischen Haus und See, sollen sie sich ihr Futter doch selbst suchen, es währt nicht mehr lang. Kurz darauf stimmt Mutter ihr Schlachtlied an und singt es laut beim Hühnerrupfen vor, beim Absengen ist es schon ein summendes Geräusch und zum Ausnehmen bleibt nur noch ein kehliger Ton. Wer nichts Heißes essen kann, kann auch nicht schweigen, murmelt sie, bevor sie das Hühnerklein in den Kochtopf wirft und so lange kocht, bis daraus eine Suppe wird, die ist gut fürs Herz, sagt sie immer dann, wenn sie freitags den Topf zum Esstisch trägt. Zum Schluss geht es an den Hahn, von da an lässt Vater das Hüten sein und geht stattdessen spazieren. Aber was heißt spazieren? Sonntags verlässt er das Haus in der Früh und kommt erst zum Mittag zurück. Häufig schickt Mutter Marianne mit, damit er sich zusammenreißt vor dem Kind.

Diese Spaziergänge sind das Schönste am ganzen Sonntag. Auf dem Weg fragt er sie, was der Unterschied zwischen einem Laubbaum und einem Nadelbaum ist und wie man die Nadelhölzer unterscheidet, und da die Wege, die er einschlägt, wie auch die Fragen immer die gleichen sind, kennt sie bald die passenden Antworten darauf.

Was ist mit den Zapfen?
Sie können nach unten hängen oder nach oben stehen.
Was bedeutet das?
Dass es verschiedene Bäume sind.
Und was passiert dann mit den Zapfen?
Sie fallen im Herbst herunter.
Die Nadeln nicht?
Die Nadeln nicht.
Und was ist dann mit den Zapfen, wenn sie unten liegen?
Es kommen Tiere und knabbern daran.
Wie sieht das aus?
Das Eichhörnchen lässt nur das abgenagte Kernstück zurück. Der Fichtenkreuzschnabel holt die Samen aus jedem Blatt.
So ist es. Er biegt sie vorher auf. So macht er es auch mit den Bucheckern. Was machen wir mit Bucheckern?
Man kann sie sammeln und dem Jäger bringen, der legt sie dann im Winter dem Wild in die Krippe.
Aber Bucheckern kann man auch essen.
Warum geben wir sie dann den Tieren?
Wenn man zu viel von ihnen isst, vergiftet man sich.
Aber den Tieren macht das nichts?
Nein, den Tieren macht das nichts. Das ist das, was du von mir lernst. Das bringt dir in der Schule niemand bei.

Aber Vater verfolgt ein Ziel, das den Spaziergang unterteilt in einen Hinweg und einen Rückweg. Das Ziel ist der Zeltplatz am Ufer des Sees mit der Gaststätte, die zum Früh-

schoppen einlädt. Ein paar gute Bekannte sitzen immer schon da.
Marianne kennt die Gesichter wie auch die Berufe dazu. Da sitzen die Fischer mit ihrer ledrigen Haut, durch die sich unzählige Falten ziehen. Von ihren Augen sind nur schmale Schlitze zu sehen, sodass es aussieht, als lägen sie hinter einem Visier. Zum Schuster schickt Mutter sie immer, wenn sich eine Sohle zu lösen beginnt. Er trägt wie Vater, wie sie alle, die Haare streng nach hinten gekämmt. Dann ist da noch der Jäger. Er trägt als Einziger Bart. Vor sich hat jeder ein Glas mit Bier, dessen Gelb sich vom Schwarz ihrer Ledermäntel oder dem Blau und Grün ihrer Joppen abhebt. Marianne kennt die Männer von zu Hause. Sie weiß, dass Mutter sie als Saufgenossen des Vaters bezeichnet und dass ihr diese Sonntagsspaziergänge nicht recht sind. Sie weiß nicht, was ein Saufgenosse ist. Einmal hört sie die Eltern darüber sprechen.

Immer, wenn du deine Saufgenossen einlädst, habe ich mehr Arbeit.
Was willst du, ich lasse dich dann in Ruhe.
Und ich habe Mühe, dich am nächsten Tag aus dem Bett zu kriegen.
Sei still.
Und muss noch euren Dreck wegräumen, bevor ich arbeiten geh.
Dann such dir doch einen anderen, den du wie einen Hund dressieren kannst.
Aber ich hab doch nur –
Sei still.

Nach dem ersten Bier fängt Vater zu erzählen an. Er ist ja in diese Gegend überhaupt erst gekommen, als er schon ganz benommen war vom allgemeinen Kriegsausgang. Hier hat er seine Frau kennengelernt, bald darauf haben sie geheiratet und Wohnraum zur Gründung einer Familie beantragt. Aus der Kirche sind sie ausgetreten, weil Gott das ganze Elend überhaupt erst zugelassen hat. Die neue Ordnung hingegen, sagte der Mann auf dem Amt, ließe einen in Ruhe damit. Also erst austreten, dann in den Stand der Ehe hinein, um dann über die Schwelle zu treten, sie würden doch verstehen, wenn er ihnen jetzt sagt, er habe mächtig Schwein gehabt. Das einzige freie Haus, das die Stadt ihnen anbot, lag ein ganzes Stück weit außerhalb. Es war von außen ein regelrechter Verhau und machte auch innen nicht viel her, aber es stand am See. Die vorherigen Eigentümer hatten es verlassen und waren noch ein gutes Stück weiter westlich gegangen. Stück für Stück hatte er es in den verbleibenden Monaten bis zu Mariannes Geburt allein mit seiner Hände Arbeit bewohnbar gemacht, damit das Kind es warm hatte, wenn es kam. Danach hatte er noch den Bootssteg repariert, denn wo viel Wasser ist, kann man ertrinken. Wenn Kinder da sind, müssen sie schwimmen lernen. Für die Eichenbretter, die er dazu brauchte, wollte der Tischler Fisch haben, darum bot er den Fischern seine Hilfe an. Die Planken halten bis heute, er hat noch nie eine austauschen müssen, das ist wie mit Kameraden, schließt er seine Geschichte immer unter dem beifälligen Nicken der anderen ab.

Einmal, als er mit Marianne an der Hand besonders bierselig nach Hause kommt und sich so an den Mittagstisch setzt, erinnert Mutter ihn daran.

Du hast gesagt, du bringst ihnen das Schwimmen bei.
Also gut, wenn du willst, nehm ich Hans mit.
Nicht Hans. Erst ist Marianne dran.

Sodass Marianne an der Hand ihres Vaters den Mittagstisch wieder verlässt, und dann kommt es fast zu einem Idyll, das kann man ruhig so erzählen:
Jetzt wird gebadet, sagt Vater unten am Steg zu ihr, sieh zu, wie ich es mache. Dann steigt er die Leiter hinab, bis er bis zur Brust im Wasser steht. Jetzt komm, ruft er sie her und hält ihr die Hand hin. Zum ersten Mal soll sie in das Wasser, vor dem er sie immer gewarnt hat. Das Wasser kann noch so still daliegen, hat er immer zu ihr gesagt, wenn du hineinfällst, ist keiner da, der dich rettet. Dann musst du ertrinken. Ertrinken ist furchtbar. Ertrinken heißt, ins Wasser fallen und nicht wissen, was dann mit einem passiert. Vor dem Ertrinken hat sie Angst, und weil Vater immer vom Ertrinken, nie aber vom Schwimmen gesprochen hat, überträgt sie ihre gesamte Angst auf den See.
Marianne ist kurz davor zu weinen, aber da hat Vater bereits ihre Hand gepackt und sie auf seine Brust gelegt. Ist doch nur Wasser. Die Haare auf seiner Brust schwappen mit den Wellen hin und her und laden Marianne ein, damit zu spielen. Kaum hat sie beide Hände auf seiner Brust, hebt er sie an den Hüften empor und setzt sie auf die erste Leitersprosse. Sie will wieder weinen, aber da spritzt er ihr schon ins Gesicht. Sie beginnt zu schreien, doch noch während sie schreit, merkt sie, dass es im Grunde gar nicht schlimm ist, und als er fragt, ob sie ihn nicht auch einmal nass spritzen wolle, taucht sie zögerlich die Hand ein, und als er nichts dagegen tut, wird sie mutiger.

Auf einmal stößt er sich von der Leiter ab und lässt sich rücklings ins Wasser fallen. Bevor ihr wieder komisch wird, hält er beide Hände aus dem Wasser. Guck her, ich kann stehen, das kannst du auch. Sie will das nicht können, sondern lieber auf der Leiter bleiben, da kommt er zum Steg zurück, hebt sie an den Hüften hoch und zieht sie zu sich. Sie klammert sich wie ein Äffchen fest, die Hände um seinen Hals, die Beine um seine Hüften. Da wird es ihm zu bunt, jetzt lernst du aber schwimmen, pass mal auf, sagt er, hält ihr eine Hand untern Bauch und hebt sie an. Und nun schwimm, sonst lass ich los. Dabei hebt und senkt er die Hand, bis sie irgendwann anfängt, mit Händen und Füßen zu paddeln. Da schau an, du kannst es ja, jetzt reck den Kopf, damit das Kinn über Wasser bleibt. Sie fühlt gerade, was es heißt, wenn Vater stolz auf sie ist, da schwappt ihr eine Welle ins Gesicht. Sie verschluckt sich und fängt an zu husten. Ab da ist es vorbei mit der Paddelei, unter geht sie und zappelt herum. Das sieht Vater ein und schöpft sie mit der Hand nach oben. Das reicht, du kannst es jetzt, merk dir, wie es geht. Und als ein Jahr später in der Schule der Schwimmunterricht beginnt und die Lehrerin fragt, wer schon schwimmen kann, melden sich drei, vier Kinder, Marianne unter ihnen, na dann zeigt mal, was ihr könnt. Marianne ist die Einzige, die nicht Brust schwimmt. Aber Kind, du hältst dich über Wasser wie ein Hund, schön ist das nicht und Schwimmen auch nicht. Marianne, die unter dem Gelächter der anderen erstmals erfährt, wie die Scham sich ins Gesicht brennt. Marianne lernt dann, und als Vater sie einmal beim Abendbrot danach fragt, was sie im Sportunterricht machen, erzählt sie stolz, sie könne nun richtig schwimmen. Was haben wir doch für ein kluges Kind, das schon schwimmen kann, aber noch

einmal extra schwimmen lernt, sagt er noch ganz ruhig, bevor er mit einem Ruck den Tisch von sich schiebt, sodass der Tee aus den Tassen schwappt, und die Stube verlässt.
Das hast du zu verantworten, sagt Mutter zu ihr, du gehst hinterher und holst ihn zurück.

Sie sah dem Jäger nach, wie er sich langsam entfernte. Sein Hund trabte erst neben ihm her und lief dann voraus, die Schnauze dicht über dem Boden, Witterung aufnehmend. Sie wartete, bis die beiden nicht mehr zu sehen waren, dann folgte sie ihnen.

Sie mochte keine Hunde. Hunde zwangen sie, die Straßenseite zu wechseln, selbst wenn sie klein waren und an der Leine gingen. Sie konnte nichts dagegen tun, es war ein Reflex, dem sie sich jedes Mal wieder hilflos ausgeliefert fühlte.

Nach der nächsten Biegung kam schon die Brücke, vor der der Jäger sie gewarnt hatte. Ein paar Bohlen, an die ein Geländer aus Ästen gesetzt war. Es war nicht zu sehen, worüber sie führte, weil das Gras darunter alles überwucherte.

An manchen Sonntagen waren sie nach dem Mittag bis hierher spaziert. Nach dem Essen sollst du ruhn oder tausend Schritte tun. An der Brücke hielt Vater jedes Mal an, nahm seine Kinder beiseite und fragte, ob sie auch immer die Wahrheit sagten. Wer lügt und über die Brücke geht, bricht ein und muss im Sumpf versinken. Fällt er in den Graben, fressen ihn die Raben. Sie gestanden immer alles: ein Stück Schokolade, heimlich abgebrochen von der Tafel aus dem Schrank. Eine schlechte Zensur. Danach betraten sie vorsichtig die Bohlen und hielten sich am Geländer fest, bevor sie sich abstießen und so schnell rüberliefen wie möglich. Einmal sagte Hans, dass er nicht mehr lügen würde und darum auch nichts gestehen könne, aber Vater sagte, dass

er von mindestens einer Lüge wisse, und ließ ihn stehen. Während alle die Brücke überquerten, blieb Hans zurück. Als sie sich entfernten, verzog er sein Gesicht und begann zu weinen. Er hörte nicht auf damit, sodass Mutter sich wiederholt nach ihm umdrehte, aber Vater packte sie am Arm und zog sie weiter, bis sie sich so weit entfernt hatten, dass er nur noch zu hören war, und auch das verebbte bald. Als sie nach Hause kamen, wartete Hans vor der Tür, er hatte kehrtgemacht und war den ganzen Weg zurückgelaufen.
Etwas presste ihr den Atem ab und brachte die Luft zum Flimmern. Die Beine sackten ihr weg, sie musste sich am Geländer festhalten, um das Gleichgewicht nicht zu verlieren. Im Gras zirpte eine Grille, ansonsten war alles still. Sie hielt erschöpft inne und stützte sich auf das Holz. Zwischen den Grasbüscheln stand dunkel das Wasser. Auf einmal war ein Brummen zu hören, es kam von einer Libelle, die erst stehend in der Luft verharrte und sich dann neben ihren Händen auf dem Geländer niederließ. So nah war sie erschreckend groß, Exemplare wie sie müssen Vorbild der Feen und Elfen in Märchen gewesen sein. Es hatte einmal einen Skandal gegeben, der unglaubliches Aufsehen erregte. Zwei Mädchen waren von einem Spaziergang heimgekommen und hatten behauptet, auf Elfen gestoßen zu sein, sie könnten es beweisen, sie hätten sie fotografiert. Die Bilder galten jahrelang als Sensation, selbst Arthur Conan Doyle, dessen Sherlock Holmes die Ermittlungsmethoden von Scotland Yard weltberühmt gemacht hatte, zählte zu den Bewunderern der Fotos und stellte bis zu seinem Tod ihre Echtheit nie infrage. Erst im hohen Alter brachen die beiden ihr Schweigen und gestanden die Fälschungen ein, sie hatten Elfenfiguren aus einem Märchenbuch ab-

gemalt, ausgeschnitten und mit Hutnadeln im Gras festgesteckt.
Die Libelle hatte ihre Facettenaugen auf sie gerichtet und die Flügel gesenkt. Sie wusste nicht, ob das Tier sich provoziert fühlte, ihres Wissens sahen Insekten ultraviolett, sie müsste folglich von einer Purpurwolke umhüllt sein. Um das Tier nicht aufzuscheuchen, vermied sie jede Bewegung. Mit Libellen kannte sie sich nicht aus, Bremsen bissen, Bienen stachen aus Not, Wespen aus Lust. Auf Stiche reagierte sie allergisch, auf Bisse nicht. Plötzlich rollte es den Hinterleib hoch wie ein Skorpion. Ruckartig stieß sie sich vom Geländer ab und sprang zurück, während die Libelle aufflog und geräuschvoll ihren Weg durch den Sumpf fortsetzte.
Sie wartete, bis das Brummen nicht mehr zu hören war, dann betrat sie die Bohlen erneut. Damals war sie einfach losgelaufen und die Brücke hatte immer gehalten, was also hatte sich verändert, dass sie heute beim Gedanken daran in Panik geriet? Hier gab es keine Wahl, das von eben musste die potenzierte Form eines nie zum Ausbruch gekommenen Gefühls gewesen sein. Dass sich das so lange gehalten hatte. Mit langsamen, genau abgemessenen Schritten ging sie hinüber, wie um sich zu beweisen, dass die Brücke am Ende nichts als eine gewöhnliche Holzkonstruktion war, so wie der Sumpf bloß eine Ansammlung bestehender und vergehender Pflanzen. Nichts Besonderes, es führte nur eben kein Weg dran vorbei.
Am Waldrand stand ein Hochsitz. Sie kletterte hinauf, um dem Regen zu entfliehen. Oben war es eng, man konnte nur sitzen, stehen war allein in gebeugter Haltung möglich. Sie sah hinaus auf die Wiese. Von den Schuppen, die dort einmal gestanden hatten, war nichts mehr zu sehen. Das hier

konnte auch die Mitte der Welt sein, alles erschien von hier aus gleich weit entfernt, das Meer genauso wie die Hauptstadt oder eine Grenze zum Nachbarland. Aber sie konnte sich noch gut an den Geruch erinnern, der von der Farm ausgegangen war und bei ungünstigem Wind bis zu ihnen nach Hause drang und Vater vorauseilte, wenn er von der Arbeit kam.

Schmal sind die Nerze und dunkel. Sie tollen durch die Käfige und halten immer die Spur: vor – zurück – vor – zurück. Oder sie verbeißen sich mit gesträubtem Fell in das Drahtgeflecht, rasend vor Wut über die Enge, und wenn man den Käfig hochnähme, würden sie einfach hängen bleiben. Auf der Farm sind es Tausende, die am liebsten durch das Drahtgeflecht flutschen würden, aber die Maschen sind zu eng. Durch jeden Spalt kommen sie, ganz dünn können sie ihre Körper machen, sich geschmeidig in jede Richtung biegen. Sie würden ihm durch die Finger gleiten und gleich an die Kehle springen, sobald er nur einen Moment nachließe in seiner Aufmerksamkeit. Sie riechen sein Blut, wenn er an den Gattern vorbeigeht, wie es gegen die Halsschlagader drückt. Sie gieren danach, dass es aus der Öffnung spritzt, die sie mit ihren Zähnen reißen, und stoßweise um ihre Schnauze fließt, erst schnell, dann immer langsamer, bis es die Barthaare verklebt.
Das aber darf nicht passieren, weil es den Wert des Fells vermindert. Die Farm ist berühmt für ihre Pelze, es ist die größte Europas, und es ist seine Aufgabe, dass sie sauber bleiben. Er kennt das von den Aalen, wenn man sie putzt, aber Aale haben eine Schmirgelhaut, die sich abschaben lässt wie Pergamentpapier. Das Fell der Nerze jedoch ist seidig, mit tiefdunkelbrauner Granne und feiner, klarer, blau getönter Unterwolle. Es gibt erste, zweite und dritte Sorten, weißledrige Winterware und eine blauledrige Variante mit schütterem Schweif. Die Winterfelle sind zu bevorzu-

gen, die Sommerfelle stammen meist von verendeten Tieren, sie haben flacheres Haar. Durch die Zucht kommt es zu neuen Farben, Stahlblau, Silberblau, Bronzeblau, Platin, Lichtbraun, Gelbbraun, Beige, Lavendelbeige, Blassviolett, Schwarzkreuz, Saphir, Topas, Pastell, Creme, Naturweiß. Sechzig bis achtzig Felle braucht es für einen Mantel, weniger für einen Schal, Kragen oder Muff. Alles am Nerz ist verwendbar: Kopf, Kehlstück, Bauchstück, Rücken, Pfoten, Schweif.

Ihr Leben ist kurz. Ein paar Monate, bis die Haut unter dem Fell weiß geworden ist und sich die Haarwurzeln restlos in die oberen Hautschichten verlagert haben, sodass man sie ihnen abziehen kann, dann sind sie ausgewachsen. Die Ranz ist noch kürzer, nur einmal im Jahr bricht in den letzten Wochen im März die Hitze aus. Dann hebt er die Rüden aus ihren Käfigen und steckt sie zu den Fähen. Stundenlang hockt der Rüde auf der Fähe und ist nicht zu trennen von ihr. Gegen Ende drängt die Zeit, wenn jede Fähe gedeckt sein soll, also reißt er sie nach einer halben Stunde auseinander und setzt den Rüden bei der nächsten Fähe ab. Das geht so lange, bis die Hitze abklingt. Tagelang hört er ein heiseres Keuchen und sieht sie regungslos verpaart aufeinander in den Käfigen hocken. Die Fähe, die nicht trächtig wird, verliert ihren Pelz ebenso wie der Rüde, der nicht richtig deckt. Nur die Besten bleiben übrig als Zuchttiere für den nächsten Wurf. Weit bis zu den Vorfahren wird dafür ihr Stammbaum verfolgt. Sie sitzen in freien Gehegen im Tageslicht, weil das der Fruchtbarkeit zuträglich ist, während der Rest in den Schuppenkäfigen lebt, damit die Sonne das Fell nicht bleicht.

Dann hofft er darauf, dass das Weibchen an den Flanken

dick zu werden beginnt. Er lässt es in Ruhe und gibt ihm mehr zu fressen, bis es sich nach ein paar Wochen in den Wurfkasten zurückzieht, sich dort auf die Seite legt und die Jungen herauspresst, immer im Mai, ein ganzes Knäuel, mindestens drei, manchmal auch sechs bis acht, noch blind und nackt, aber schon mit spitzen Zähnchen nach der Mutter gierend, nach ihrer Milch als Vorgeschmack auf all das Blut. Unsichtbar liegen sie an den Zitzen, nur hören kann er sie, ihr leises Fiepen, wenn er das Ohr an den Wurfkasten hält. Nichts darf die Fähe beunruhigen, auf jedes plötzliche Geräusch reagiert sie verstört und verwirft oder frisst ihre Brut. Nach sechs Wochen nimmt er die Fähe heraus. Der Wurf bleibt beisammen, bis die Jungtiere ausgewachsen sind, das geht schnell, ein paar Wochen nur. Danach werden sie einzeln in neue Käfige gesteckt, die eben frei geworden sind von ihren Vätern und Müttern. Dann erst bildet sich der Winterpelz, er zeigt sich zuerst an Füßen und Kopf und wächst dann langsam über den Nerz, bis er ihn eingeschlossen hat und auch die Ohren dunkel sind. Noch aber ist das Leder nicht reif und hat eine grüne oder blaue Färbung.

Vater kennt alle Stationen: das Füttern, das Hegen, das Säubern, die Ranz ohne Balz, das Töten, das Pelzen, am Ende das Fell. Er betreut achtzig Alttiere und bis zu dreihundertzwanzig Jungtiere pro Jahr. Er macht das gern, es sind schöne Geschöpfe mit perfekten Körpern. Mit den Handschuhen streicht er ihnen von außen über das Fell, selbst da muss er aufpassen, dass sie ihn durch den Draht nicht zu fassen kriegen. Erst wenn sie tot sind, zieht er die Handschuhe aus, um sie zu berühren. Er würde das lieber tun, wenn sie noch leben, einmal ihr pochendes Herz fühlen

und den Finger drauflegen, am ganzen Leib spüren, wie sie vibrieren.
Nur im Sommer tun sie ihm leid. Ihre Pfoten, gemacht für den weichen Erdgrund, ratschen über den Draht, ihr Fell, dick und fettend für ein Leben im Feuchten, legt sich immer enger um sie und trocknet sie aus, bis sie ersticken. Dann sterben sie wie die Fliegen, und er kann, wenn er die Käfige entlanggeht, reihenweise hineingreifen und sie einsammeln. Da liegen sie, die Pfoten hängen aus den Maschen so weit heraus, wie es die Schwimmhäute zulassen, und zittern nicht mehr. Vater wird dann immer ganz anders, so viele auf einmal, das geht ihm nah, das lässt keinen kalt, nicht mal ihr Fell ist dann noch zu gebrauchen. Man müsste sie feucht halten, drei Bäder pro Tag, aber das verbraucht zu viel Zeit und Wasser und Energie, es kommen ja wieder welche. Die Überlebenden lässt er in der nächsten Ranz erneut aufeinander los, und dann jungt die Fähe und wirft neue Nerze in die Welt, und alles beginnt von vorn, und das für sieben, acht Monate, bis der Pelz sich gebildet hat, und dann packt er sie mit einer Zange am Genick und setzt sie auf einen Tisch, zieht sie auseinander, schiebt ihnen einen Pol in den After, drückt den Beißring in die Schnauze und hält sie fest, bis der Stromstoß sie durchfährt, und sofort strecken sie sich und sind nach etwa einer Minute tot.
Aber das ist nicht effektiv, da kommt nur eins nach dem andern dran, und es trifft einen, dabei zuzusehen, wie der Tod eintritt. Besser man macht es mit Gas, zwanzig oder mehr kommen in die Kiste, in die man Auspuffgase strömen lässt, nicht dass das Fell beschädigt wird. Weder Einschusslöcher noch Messerstiche, einfach Gas, das lautlos in die Nüstern dringt und die Körper nach etwa fünfzehn Minu-

ten plötzlich erschlaffen lässt, dass er sie später mit der Schaufel rausholen kann, so viele auf einen Streich. Die Leiber liegen dann auf dem Holzrost wie niedergemäht und auf dem Boden liegt der Kot.

Dann sind sie nur noch Pelz, den man vom warmen Körper zieht, bis jeder Nerz wie ein Nacktmull aussieht. Weiß ist die Haut unter dem Fell und blind das Gesicht, denn Ohren, Lider und Nase werden mit abgetrennt. Am Ende bleibt kaum etwas übrig. Das Fell aber wird auf ein Brett gespannt, Füße und Schwanz mit Papier ausgestopft, und in einem luftigen Raum zum Trocknen aufgestellt. Dann werden sie verschickt und zu etwas Größerem verarbeitet. Kein Umriss ist mehr zu sehen, ihr Körper verschwindet in den Falten eines Mantels, über den bald eine Frau mit den Händen streicht. Ihre Handschuhe aus feinem Leder sind so dünn, dass jeder Nerz ihr die Finger zerfleischen könnte, aber sie spürt bloß das federleichte, wärmende Fell, wie es an den Spitzen zittert.

So geht das monate-, jahrelang, und die Pelze bekommt niemand zu sehen, das Fell geht gleich zum Kürschner und dann nach Leipzig auf die Messe, wo es ins Ausland verkauft wird. Einmal hat Vater einen Prospekt gesehen, mit dem für Nerzpelze geworben wurde, feinste Qualität made in GDR.

Es trifft den Vater, es setzt ihm zu, er wird den Geruch nicht los, der über der Farm wie eine Dunstglocke liegt, in jedem Geruch nach wildem Tier lauert der Tod, und manchmal geht das Zittern der Nerze in seine Hände über und er wünscht sich einen anderen Beruf. Aber er ist nun einmal hier gelandet und kann froh darüber sein. Nach dem Krieg hat er geholfen, die Gräber auf dem Friedhof auszuheben,

es gab so viele, große und kleine, für Männer, Frauen und Kinder, die sich erhängten, in den See gingen oder an Tuberkulose starben.
Das und die Asche, die nach der Verbrennung an den Straßenbaudienst ging, waren nichts für ihn, gab genug davon in den Jahren davor. Also hat er sich zum Pflanzenbeschauer ausbilden lassen, da musste man nur prüfen, ob das Getreide von Schädlingen befallen war. Aber das war direkt an der Grenze und er kaum zu Hause, und man muss aufpassen, wenn man so weit weg ist von Frau und Kindern, lassen die Manieren nach. Man wohnt zusammen in einem Bungalow, man schläft zu viert in einem Zimmer, da kommt es vor, dass am Abend die Flaschen leer über den Boden kullern, bei den Erinnerungen, jeder trägt einen anderen Sack davon auf seiner Schulter. Ich kann dir Sachen erzählen, dass dir die Ohren schlackern und die Augen aufgehen. Als wir auf dem Weg zur Krim durch die taurische Steppe zogen, konnten wir aus der Ferne Pferde, Kamele und Antilopen erkennen. Inmitten der Steppe führte uns der Weg an einem Paradies vorbei, mit einem Zoo und einem Botanischen Garten. Das hatte ein deutscher Fürst angelegt, aber jetzt war alles verlassen und von den Deutschen keiner mehr da, nur ein Kreuz für eine alte Frau, wohl die Mutter des Fürsten, sie soll in dem Schloss von den Sowjets erschossen worden sein. Als wir weiterzogen, stießen wir auf deutsche Häuser mit spitzen Dächern und die weißen strohgedeckten Hütten der Ukrainer. Die Hütten haben wir abgebrannt. Davor schauten wir uns Filme an mit tanzenden Mädchen und nackten Beinen.
Aber lieber sitzt man zusammen und trinkt und schweigt sich an, das gibt genug Zusammenhalt, das wärmt auch so,

und guck mal hier, das Loch hab ich vom Schuss, ich war nicht so geschickt mit links, aber es hat sich gelohnt, ich kam weg von der Front.
Die Bilder, mit denen er dann ins Bett geht, sind nicht ohne. Manchmal muss Vater nachts deswegen hoch. Dann zieht es ihn in den Schuppen, wo das Saatgut in Säcken lagert. Er ist nicht mehr ganz bei Sinnen, dafür aber voller Kraft, und der Saft kocht in ihm, und aus seinem Bauch strömt die Wut durch alle Adern und steigt die Nervenbahnen hoch, bis sie den Kopf in einen Hexenkessel verwandelt, und wann, wenn nicht jetzt, ist er ein Mann, und ob diese Säcke das nun wissen oder nicht, es ist Krieg, und er nimmt sich, was er braucht; bis sich die Arterien plötzlich zusammenziehen, sodass das Blut kurz stockt, bevor es weiterschießt, und ihm der ganze braune Saft vom Hirn aus rückwärts durch die Adern fährt, bis alles, was seinen Eingang nimmt, auch wieder seinen Ausgang findet, so wie die Menschen, die ins Haus getrieben werden, und rot sind die Menschenfackeln, die dann von innen an den Fenstern lecken, und als eine Fackel aus dem Haus stürzt, treibt er sie wieder hinein, rot ist der Hahn, der vom Hausdach kräht, rot die Gesichter der Kameraden, die mit ihm den Halbkreis bilden um das Haus, rot die Flammen, die auf einmal wie Weibergesichter aussehen und ihn mit ihren hohen Stimmen hineinlocken wollen, bis aus den Weiberstimmen ein schriller Ton wird und er die Hände gegen die Schläfen presst und seinen Kopf zusammendrückt, damit das aufhört in ihm, als wären ihm Aale in den Kopf gekrochen und hätten sich dort ineinander verbissen, Zitteraale, deren elektrische Ladung sich nun entlädt, und rot fließt das Blut eines jeden Menschen aus seinem Körper, und rot

ist die Farbe der Liebe wie auch der Wut, und schwarz ist am Ende nur der Tod, schwarz wird die Nacht, nachdem der Brand zu Ende geht, schwarz sind am nächsten Tag die verkohlten Leiber, aber weiß bleiben die Zähne, und weiß ist das, was sich während des Brandes aus ihm ergießt, weiß ist am Ende die Hand, die er sich vor den Körper hält und dann sauber durchschießt, eine Verwundung, die als Kriegsverletzung gelten kann; und endlich lässt der Druck nach, und er sieht, dass er im Schuppen an einem der Säcke lehnt, in den er reingestoßen hat, und wie es also mit einem durchgehen kann. Dann kommt die Scham und lässt ihn nicht mehr los. Die Scham kommt immer hinterher und hält dann an. Sie befeuert die Wut, bis sie hochkocht und sich die Aale durchs Hirn beißen und er am ganzen Leib erzittert, und das ist eine Formel, die fürs Leben gelten kann. Während es ihm das Hirn zerreißt, beginnen Lust und Wut sich untrennbar zu mischen, sodass er nicht weiß, warum er Lust empfindet, wenn er wütend ist, und immer erst in Wut geraten muss, um Lust zu spüren, und sich dieses geheime Gefühl von sich selbst als Mann auch auf alles andere ausdehnt, und von da an bilden Wut und Lust und Scham eine verhängnisvolle Kette.

Nur das Trinken kommt gegen das Zittern an. Es tut etwas mit dem Blut, lässt es dünner werden und kreisen durch Kopf und Lunge und wieder zurück in den Körper, dass er leichter atmet gegen den Druck, der auf ihm liegt wie Mehltau, der das schlimmste aller Übel ist, die eine Pflanze befallen können. Wenn der Mehltau auf den Pflanzen liegt, muss man alles vergasen, den ganzen Ertrag, und wegen der Fähigkeiten, die er beim Vergasen erworben hat, darf Vater den Arbeitsplatz wechseln und arbeitet seitdem auf der Farm.

Aber den Mehltau wird er nicht mehr los, und auch das Zittern hat er mitgenommen, und so kommt er häufig nicht pünktlich zum Abendbrot, sondern hält vorher noch bei dem und dem auf ein Glas, Klarer oder Brauner, bis es kocht, bis die toten Nerze wiederauferstehen und sich in ihre eigenen Felle verbeißen mit Barthaaren, die elektrisch aufgeladen sind vom Schnaps. Dann tobt ihm die Purpurwolke durch das Hirn, dann hat er die Wut, und vielleicht hat seine Frau was angefangen, während er den Tag hart arbeitet für das wenige Geld, vielleicht macht sie ihm ein Kuckuckskind.

Sie tut noch so, als wüsste sie nicht, dass man es ihr ansehen kann, er jedenfalls kann. Das Abendbrot steht in der Küche, die Kinder sind schon im Bett. Er weiß, dass sie ihn insgeheim verachtet, und wie gern würde er ihr einfach so ein paar Pelze mitbringen, damit sie sieht, was er arbeitet, aber es ist alles für die Produktion, es geht alles ins Ausland, ob ins brüderliche oder kapitalistische, ist egal, und dann muss sie ihn doch für einen Schwächling halten, der nicht mal seiner Frau etwas von der Arbeit mitbringen kann wie alle andern auch, Wurst oder Holz oder Schrauben vom Betrieb, und deswegen ist er in ihren Augen auch kein Mann. Dafür wird er sie erst einmal ordentlich vermöbeln, bevor er sie besteigt, und erst danach kommt er wieder zu sich und sieht seine Frau unter sich mit offenen Augen an die Decke starren. Einsamer ist man nie, aber das sagt er ihr nicht, sondern rollt sich zur Seite und schiebt ihr die Decke zu, es ist wichtig, dass sie weiß, er steht seinen Mann.

Sie musste weggenickt sein, denn als sie zur Lichtung sah, äste dort ein Reh. Das Reh nahm keine Notiz von ihr. Es wusste nicht einmal, dass es beobachtet wurde. Sie könnte es jetzt erschießen. Der Tod würde schnell sein. Wenn der Schuss ertönt, saust die Kugel schon heran und lässt nur kurz die Panik zu, ein Heben des Kopfs, eine halbe Körperwende, der Beginn einer Flucht, bevor sie von hinten durch die Schulter ins Herz eindringt. Sie formte eine Hand zur Pistole und zielte. Das Reh rührte sich nicht.

Auf einmal hob es den Kopf, scherte hinten aus und sprang in den Wald zurück. Kurz danach war Gebell zu hören, der Hund des Jägers stieß zwischen den Bäumen hervor und stürmte auf die Stelle zu, an der bis eben das Reh gestanden hatte. Sie duckte sich. Durch die Ritzen konnte sie sehen, wie der Jäger seinen Hund an der Schnauze fasste und laut auf ihn einsprach. Obwohl es nicht ihr galt, fühlte sie sich ertappt. Der Hochsitz war sein Platz, sie konnte nur hoffen, dass er ihn heute nicht brauchte. Es wäre ihr peinlich, wenn er sie entdeckte, sie fühlte sich wie jemand, der etwas Unrechtmäßiges tat.

Das Warten wurde zur Qual. Als sie das Reh aus dem Verborgenen beobachtet hatte, war ihr alles leicht erschienen, nun, da sie sich vor dem Jäger versteckte, erfand ihr Körper lauter Finten, um sie zu einer Bewegung zu nötigen. Langsam staute sich das Blut und ihre Hände und Füße wurden taub. Es drängte sie, ihre Haltung zu verändern, wenigstens den Rücken zu strecken oder einen Fuß. Der Drang war unge-

heuer, und je länger sie still hielt, desto mehr wurde er zum Zwang. In der Zeitung hatte sie einmal von einem Mann gelesen, der auf einem Hochsitz gestorben war, nachdem er erst seine Familie und dann die Arbeit verloren hatte. Er hatte ein Hotelzimmer gemietet, dort Portemonnaie, Ausweis, Auto- und Wohnungsschlüssel auf den Nachttisch gelegt und war dann mit dem Fahrrad in den Wald gefahren, hatte das Fahrrad im Gebüsch versteckt und war auf einen Hochsitz gestiegen. Dort fand man ihn zwei Monate später mumifiziert unter einer alten Steppdecke, Arme und Beine an den Rumpf gepresst, in Hockstellung wie ein Embryo.
Von oben konnte sie hören, wie Hund und Jäger vorbeigingen. Der Hund hechelte und schnüffelte an der Leiter, bellte aber nicht. Eine Mücke kam angeflogen, sie sirrte ein paarmal um ihren Kopf, ließ sich an ihrer rechten Schläfe nieder und stach zu. Sie zwang sich stillzuhalten, bis die Mücke mit ihr fertig war, denn wenn sie auch nur kurz nachließe in ihrer Konzentration, würde sie die Kontrolle verlieren und hemmungslos auf sich einschlagen, als säßen da Hunderte Mücken.
Langsam entfernten sich die Geräusche. Sie behielt ihre Position bei, bis sie nichts mehr hörte. Erst dann hob sie den Kopf. Ihr Nacken war steif, und als sie die Beine streckte, waren sie taub. Sie kratzte sich an der Stelle, wo sie den Einstich vermutete, es juckte, und sie spürte, wie sich die Quaddel bildete. Dann versuchte sie aufzustehen. Es klappte erst beim zweiten Versuch.
Vorsichtig stieg sie die Leiter hinab und machte sich auf den Rückweg. Am Feldrand standen Schlehenbüsche. Eine Zeitlang hatte Vater versucht, aus ihren Früchten Schnaps zu machen, und sie zum Pflücken hergeschickt. Die Früchte

lagerte er in bauchigen Behältern im Keller, tat Zucker hinzu, verschloss die Öffnungen luftdicht mit Knetmasse und wartete, bis sie vergoren waren. Aber der Schnaps schmeckte nicht, und so blieben die Behälter im Keller stehen, bis Hans sich einmal den Spaß erlaubte und dem Hund davon zu trinken gab.

Es regnete nicht mehr. Der Himmel hatte eine weiße Farbe angenommen, also wurde die Wolkendecke dünner und das Wetter besser. Sie ging zurück, ohne auf den Weg zu achten. Er war ihr immer noch vertraut, wie ein Muster, durch das sie, wenn sie es nur genau genug verfolgte, wieder an den Anfang gelangte und alles von vorn begann.

Der Hund ist groß und dünn. Er steht mit gesträubtem Fell neben Vater und zerrt am Seil. Seine Flanken sind eingefallen und dreckverklebt. Der Hund knurrt und beißt ins Seil, mit dem Vater ihn kurz und nah am Körper hält. Er hat ihn von einem Kollegen, der eines Tages nicht mehr zur Arbeit kam. Ich geh bei ihm vorbei, bietet Vater an, es liegt auf dem Weg, er hat dort schon häufig gehalten. Als er klingelt, bellt ein Hund, aber niemand kommt und öffnet das Tor. Der Kollege lebt allein, seit ihm die Frau weggelaufen ist. Die hat es hier oben nicht mehr ausgehalten, erzählt man sich, zu wenig geredet hätte man mit ihr. Da ist sie ihm weggelaufen, wieder zurück. Was holt er sich auch eine aus dem Süden.

Die Tür ist offen, als Vater die Klinke drückt. Im Flur liegen leere Flaschen auf dem Boden. Als er mit dem Fuß an eine stößt, rollt sie zur Seite und gibt eine Pfütze frei, die sich unter ihrem Hals gebildet hat. Der Kollege liegt im Wohnzimmer bäuchlings in einer Lache aus Erbrochenem, über der Fliegen kreisen. Es ist still, als er ihn findet, nur die Fliegen machen ihr Geräusch. Es hebt Vater, beinahe kippt er aus den Latschen, aber er dreht den Kollegen noch um, damit das Gesicht aus der Lache kommt. Die Lippen sind blau und die Züge verzerrt. Er stinkt. Auch die Kleidung riecht so, als hätte er sie lange nicht mehr gewechselt. Im Erbrochenen ist Blut. Vater hält es nicht mehr aus, er hat schon viel gesehen, aber das war zu einer anderen Zeit und man war drauf eingestellt. Das hier ist nicht mehr feierlich.

Der Kollege hat ein Telefon, das ist selten. Vater ruft den Notdienst und meldet den Vorgang. Dann geht er raus. Der Hund hat sich heiser gebellt. Er folgt dem Kläffen und geht hinters Haus. Dort sitzt das Tier im Zwinger und jault. Als es Vater sieht, springt es auf und presst Pfoten und Schnauze durchs Gitter. Der Boden ist voller Kot und die Flanken des Hundes sind verschmiert, als hätte er sich darin gewälzt. Als Vater an den Zwinger tritt, weicht der Hund in die Hütte zurück. Sein Fell ist kahl und wundgescheuert und mit Abzessen übersät. Vater zieht die Jacke aus, hält sie sich vor den Körper und öffnet den Käfig. Der Hund sträubt das bisschen Fell, das sich noch aufrichten kann, und knurrt ihn an. Vater geht ins Haus zurück und öffnet den Kühlschrank. Ein paar Geflügelherzen schwimmen in einer Schüssel. Er nimmt die Schüssel und geht damit zum Hund zurück. Der knurrt noch immer, jault aber auf, als Vater die Schüssel in den Zwinger schiebt. Dann hockt er sich in die Türöffnung. Der Hund winselt und reibt den Bauch am Boden, aber Vater behält seinen Platz und bleibt so lange regungslos, bis der Hund langsam zum Fleisch robbt. Als die Schüssel leer ist, steht Vater auf, nun komm. Der Hund erhebt sich zitternd, er fällt fast wieder um vor Schwäche. Es ist ein Schäferhund, klar gebaut, mit breiten Läufen und schmal auslaufenden Hüften, das ist sogar in ausgehungertem Zustand zu erkennen. So einen feinen Hund lässt man nicht verrecken, redet Vater beruhigend auf das Tier ein, das tut doch keiner, so ein feiner Hund, dich lassen wir nicht hier, dich nehmen wir mit.
Ein Hund. Vater hat Glanz in den Augen. Ein treuer Gefährte auf seinen Gängen. Der sich zu seinen Füßen zusammenrollt und die Schnauze in die Hinterläufe vergräbt, aber wehe, es gibt ein unerwartetes Geräusch, dann sind die Ohren

sofort spitz. Einer, der das Haus bewacht und jeden verbellt, nur ihn nicht. Den er erziehen kann, der ihm gehorcht, der ihn freudig anspringt, wenn er von der Arbeit kommt, in aller Treue bis zum Tod. Er wird ihn disziplinieren müssen, aber er spürt die Substanz. Vater ist sich sicher, er kann das, ein Hund gehört zum Mann. Der Kollege war schon zu alt für ihn, war ihm nicht mehr gewachsen. So ein Hund braucht eine starke Hand, den muss man erziehen, ein Käfigleben verdirbt da nur.
Er sieht genauer hin. Am Bauch sind Zitzen zu erkennen. Kein Hund, eine Hündin. Asta. Wie sie vorher hieß, interessiert ihn nicht. Sie gehört jetzt ihm. Er löst die Kette, an die das Tier gebunden ist, und zieht es hinter sich her, ohne auf den Krankenwagen zu warten.

Was bringst du uns einen Hund, ruft Mutter entgeistert und schlägt die Hände zusammen, wo das Geld immer so knapp ist, weil du –

Der Hund bellt, springt nach Mutter und wird nur von der Leine gehalten, die Vater sich dreimal fest um die Hand winden muss, so viel Kraft steckt selbst im geschwächten Tier.

Sei still, herrscht er sie an. Mein ganzes Geld nimmst du mir, nichts hab ich davon, einen feinen Hund habe ich nun, der bleibt.
Wer soll den versorgen? Was der alles fressen wird.
Der Hund bleibt.
Aber die Kinder.
Kein Wort mehr.

Und wer erzieht ihn?

Das lass mal meine Sorge sein.

Er zerrt den Hund zum Schuppen und kettet ihn an, da kann er bleiben über Nacht, es ist Sommer und die Luft ist warm. Als Nächstes holt er einen Eimer Wasser und kippt ihn über das Tier, damit es sauber wird. Der Hund jault auf, bevor er wieder bellt.
Dann holt er die Kinder, sie bleiben hinter Vater stehen. Marianne soll warten, wo sie ist, aber Hans muss noch ein Stück nach vorn. Der Hund wirft sich gegen die Kette und bellt, die Schnauze schnappt dicht vor Hans auf und zu, der wie in einem Schraubstock in Vaters Nackengriff hängt.
Der Hund bellt noch die halbe Nacht.

Am nächsten Tag baut Vater eine Hütte aus Holz, um die er einen Käfig zieht. Der Hund wirft sich weiter gegen die Kette. Das Tier braucht eine starke Hand. Er nimmt Hans' Hand und öffnet die Zwingertür, der Junge soll den Napf hinstellen. Der Hund knurrt mit gesträubtem Fell und hält nur vor Vater still. Er wartet, bis Hans den Napf loslässt, sich dann nicht mehr beherrschen kann und heulend fortläuft. Du Feigling, brüllt Vater, der Hund spürt jede Schwäche. Das machst du nun jeden Tag.

Die Wirkung zeigt sich Wochen später bei der Zeugnisausgabe, als die Klassenlehrerin die Eltern fragt, ob diese wüssten, dass Hans Tiere quält. Diese Aussage trifft Vater überraschend, denn er fährt mit dem Kopf wie von einer Schlaghand getroffen zurück und muss sich erst wieder besinnen, bevor er betont langsam und deutlich spricht: Mein

Sohn wird das nicht wieder tun, dafür sorge ich. Das ist keine Antwort, um ein Gespräch fortzusetzen, eher eine Feststellung, mit der sich das Gespräch auch schon beschließt. Noch *Guten Tag* gesagt und dann zu seiner Frau gewandt: Von mir hat er das nicht. Eigentlich will die Lehrerin noch auf die Unterschiede eingehen, die ihr zwischen Marianne und Hans aufgefallen sind. Nun aber belässt sie es dabei, die Eltern darauf hinzuweisen, dass ihr Sohn schon häufiger beobachtet wurde, wie er kleine Tiere quält, und dass das mit der neuen Ordnung nicht gehe, schließlich wisse sie nicht, ob sie den Jungen überhaupt noch als Pionier zulassen könne. Einmal habe er eine junge Amsel, die aus dem Nest gefallen war und noch nicht fliegen konnte, gezielt mit Steinen erschlagen, ja regelrecht gesteinigt. Sie habe sich selbst davon überzeugen können, denn die anderen Kinder hätten ihr den toten Vogel gezeigt.
Das alles weiß Marianne, weil Vater ihn sich danach zur Brust nimmt, damit der Junge sich besinnt.
Hans, das Wimmerchen, der später die Treppe zur Dachkammer hochschleicht und der sich dort zusammenrollt wie ein waidwundes Tier.

Mich gibt es nur noch halb. Tiere wissen mehr um sich Bescheid.
Warum hast du das mit der Amsel getan?
Weil ich wissen wollte, wie lange es sie noch geben wird. Die war auch irgendwie behindert. Die kugelte durch den Sand und rieb sich dabei die Kopffedern ab. Laufen konnte die nicht mehr und fliegen schon gar nicht.
Und dann?

Bin ich wieder zu den anderen hin.
Und dann?
Hab ich's ihnen erzählt.

Hans lernt dann. Von nun an erzählt er alles, woran er beteiligt ist. Hans erzählt und braucht darum kein Gewissen mehr. Gewissen war, dass sich alle über ihn einig waren, und dann lag Polen offen. Das hatte Vater zu ihm gesagt, während er zuschlug, das hatte er behalten. Darum ist es auch in Ordnung, dass Vater ihm einige Kindereien abgewöhnt. Nachdem der Zahnarzt zur Reihenuntersuchung in die Schule kommt, steht fest, dass Hans am Daumen lutscht, denn warum sonst stehen seine Schneidezähne so schief nach außen wie bei einem Kaninchen?
Wenn du am Daumen lutschen kannst, kannst du auch Hühnerscheiße essen, meint Vater eines Abends und hält ihm eine Schippe mit einer Ladung frisch aus dem Stall unter die Nase. Er soll sich entscheiden. Hans lässt das Daumenlutschen sein.

Jemand hatte Wolken über den See gepafft. Eine war erst eine engelhafte Frau, bevor sie sich zur Sphinx veränderte. Zwei Schwalben flogen aus dem Gebälk und hielten dicht auf das Wasser zu. Dabei stießen sie Schreie aus wie Kinder. Neben dem Steg trieb ein Ruderboot, an dem Abertausende toter Mücken klebten. Sie musste an die Geschichte aus *Tausendundeiner Nacht* denken, in der der Prinz überfallen und an einen Baum gefesselt wurde, damit ihn die Mücken langsam aussaugten: tausend auf einen Streich, wenn er nur seine Hände frei gehabt hätte.
Sie ging bis zum Rand des Stegs und sah auf das Wasser. Die Oberfläche war weiß, weil die Wolken sich darin spiegelten. Es lag ruhig zu ihren Füßen, nur manchmal schwappte eine Welle träge um die Pfähle und leckte am Holz. Ein Blesshuhn zog seine Kreise, dann tauchte es ab. Wo es verschwand, breiteten sich konzentrische Wellen aus. Sie wartete, bis die erste Welle den Steg erreichte, aber es kam zu keiner Erruption. Auf einem der Baumstämme, die als Wellen- und Eisbrecher vor den Bootsschuppen gesetzt worden waren, wuchs Löwenzahn. Der Wind musste den Samen dort hingeweht haben.

Sie hatte ihn nicht besucht. Nicht, als er ins Krankenhaus kam, und auch nicht, als klar war, dass er dort bleiben würde. Die Briefe, die Mutter ihr regelmäßig schrieb, ließ sie unbeantwortet. Irgendwann hatte Mutter aufgehört, eine Antwort zu erwarten, und war stattdessen in eine Art Monolog verfallen. Am Haus, schrieb sie, muss das Dach gemacht werden. Die Tanne soll weg, die stört sie schon lange. Dieses Jahr gibt es sehr viele Äpfel und Nüsse, also wird der Winter kalt. Hans soll mehr Holz machen. Vater hat abgenommen und wird immer unruhiger. Es ist wegen der neuen Zeit. Sie haben ihm einen Fernseher ins Zimmer gestellt und nun sieht er sich das den ganzen Tag an. Weiß ja keiner, wie es weitergeht. Jeder sagt was anderes. Nachher nehmen sie uns noch das Haus weg. Man hört immer wieder davon. Einmal am Tag fährt Hans sie zu ihm.

Nur einmal hatte sie angerufen.

> Es ist besser, du kommst.
> Warum?
> Er wünscht es sich.

Der Mann, den ihre Mutter in die Cafeteria schob, war ein Fremder. Sein Haar war grau geworden, nur der Schnurrbart wucherte schwarz über die Lippen. Sein Gesicht war eingefallen und faltig. Er hing mehr im Rollstuhl, als dass er saß. Unter seinem Kinn führte ein Schlauch in die Kehle. Er war mit einer Maschine verbunden, die Mutter dem Rollstuhl hinterherzog.
Als er sie sah, begann er zu weinen. Es war ihr unangenehm. Sie stand auf und nahm seine Hand, die schlaff auf den Knien lag, drückte zur Begrüßung kurz zu und setzte sich wieder. Es kam kein Gegendruck, dafür weinte er nur noch heftiger. Mutter hatte Kalten Hund gemacht. Sie packte den Kuchen aus und tat jedem ein Stück auf den Teller. Das für Vater nahm sie in die Hand und schob es ihm stück-

weise in den Mund. Dabei lief ihm Speichel von den Lippen, den sie mit einem Taschentuch wegwischte. Bald war das Tuch klebrig und braun. Mutter faltete es immer weiter zusammen, bis es nur noch ein Knäuel war. Auf einmal gähnte er und verschluckte sich dabei am Kuchen. Sofort fing das Gerät neben ihm an zu piepen. Das Kuchenstück flog ihm aus dem Mund und landete als feuchter Klumpen auf der Tischdecke.
Sie wandte den Blick von ihm ab und teilte ihren Kuchen mit der Gabel in kleine Stücke. Die Stücke schob sie sich nacheinander in den Mund, und obwohl er anfing zu keuchen, sah sie ihn nicht an und ignorierte auch die Zeichen, die Mutter ihr mit den Augen machte, nun komm, schienen sie zu bedeuten, gib dir einen Ruck. Mutter nahm ein frisches Tuch und wischte den Klumpen vom Tisch. Anschließend fuhr sie ihrem Mann über den Mund, schob den Kuchenteller weg, nahm seine Hände und legte sie vor ihm auf dem Tisch zusammen. So wie sie das tat, sah sie fast zufrieden aus.

Wo ist Hans?
Beim Auto geblieben.
Weil er sich das hier nicht antun will?
Hans fährt mich jeden Tag, Marianne.
Dann ist ja gut. Wie geht es ihm denn?
Er kann nicht mehr sprechen.
Das höre ich.
Er will dir aber etwas sagen.
Dafür ist es wohl zu spät.
Du kannst es dir doch denken.

Mit einem Ruck hob sie den Kopf und sah ihm in die Augen. Als Kind war sie immer nur bis zu seinem Kinn gekommen. Vor diesen Augen hatte sie sich gefürchtet. Jetzt lagen sie in ihren Höhlen wie Kaninchen, über denen der Habicht kreiste. Nun war er es, der versuchte, ihrem Blick auszuweichen, aber sie hatte ihn gepackt und ließ ihn nicht los. Er wurde unruhig, das Keuchen verstärkte sich. An seinem Schnurrbart hingen noch vereinzelt Krümel.
Was willst du mir sagen?, fragte sie ihn betont langsam.
Seine Augen rollten hin und her, während ihm die Zunge flatterte. Er begann am ganzen Körper zu zittern. Dann erschlaffte er und fiel in den Rollstuhl zurück.

Was gehst du eigentlich immer zu den Nachbarn rüber?, fragt Vater Mutter eines Tages, als sie alle beim Abendbrot sitzen.

Ich verkaufe ihnen Eier und das weißt du auch.
Und er?
Was meinst du damit?
Du bildest dir wohl ein, ich kriege das nicht mit.
Was?
Du bist die Letzte, die mich an der Nase herumführt.
Was du nur immer denkst.
Kein Wort mehr.

Eines Tages bleibt Mutter länger weg als gewöhnlich, und Marianne deckt schon den Tisch fürs Abendbrot, als der Nachbar plötzlich in ihrer Küche steht und den Vater gar nicht erst grüßt, sondern gleich loslegt. Die Mutter sei von einer Wespe gestochen worden und bekäme kaum mehr Luft. Sie müsse in die Klinik, sofort. Er stößt das hastig hervor, aber Vater sieht ihn nur an.

Wir haben kein Auto.
Wir nehmen meins, das ist kein Problem, die Klinik weiß Bescheid, ich habe schon angerufen.
Wir haben auch kein Telefon.
Das spielt doch keine Rolle.
Ich komme mit.

Ja gut, Hauptsache, schnell, sie hat schon blaue Fingernägel.

Etwas durchfährt Marianne und lässt ihren Atem stocken. Sie hält sich eine Hand vor den Mund und mit der anderen an Hans Schulter fest, während Vater langsam von der Couch aufsteht.
Los jetzt, drängt der Nachbar und schiebt ihn in den Flur. Ich brauche noch meine Jacke, sagt Vater und nimmt sie umständlich von der Garderobe. Im Gehen sieht er Marianne mit Hans wie angewurzelt in der Küche stehen.

Ihr wartet hier, bis ich zurück bin. Dem Hund gebt ihr was zu fressen. Den Hühnern auch.
Was ist mit Mutter?
Nichts.
Bringst du sie wieder mit?
Dass ihr mir keinen Ärger macht.

Etwas ist doch mit Mutter. Sie sitzt hinten neben Vater im Auto, hängt mehr in den Gurten. Auf ihren Armen und im Gesicht sind rote Quaddeln, die Augen zugeschwollen. Sie keucht und ringt nach Luft.
Im Krankenhaus kommt sie auf eine Trage, man drückt ihr eine Maske aufs Gesicht, schiebt sie in ein Zimmer und schließt vor Vater die Tür. Der bleibt draußen stehen und weiß nichts mit sich anzufangen, niemand hat ihm gesagt, wie es weitergeht. Er setzt sich auf eine Bank im Flur und rührt sich so lange nicht, bis die Tür aufgeht.

Sie dürfen jetzt zu Ihrer Frau.

Im Zimmer liegt Mutter in einem Bett. In ihrer Nase stecken Schläuche, im Arm auch. Vater bleibt noch eine Weile vor dem Bett stehen, bevor er sich zu ihr setzt. Seine Frau ist wach, das sieht er an den Augen. Er rückt auf dem Stuhl hin und her, der fast zu schmal ist für den massigen Mann. Lehnen hat er auch nicht, sodass er nicht weiß, wohin mit den Händen.

Und, hattest du was mit ihm?

Sie sieht ihn nur an.

Ich habe es verloren.

Bei dem Satz bleiben die Eltern lang.

Komm, wir gehen raus, sagt Hans zu Marianne. Er läuft in den Garten und klettert auf einen Baum.

Ich komme erst runter, wenn Mutter wieder da ist.
Wir müssen den Hund füttern.
Mach doch.
Das ist deine Aufgabe.
Du traust dich ja nur nicht.

Er bricht einen Zweig ab und zielt von oben auf Marianne.

Ich schieß dich ab.
Hans, komm runter.
Jetzt bin ich der Bestimmer. Ich befehle dir, den Hund zu füttern.

Marianne holt den Eimer mit den Essensresten aus der Küche und geht damit in den Hof. Der Hund liegt vor der Hütte und schläft. So leise wie möglich öffnet sie die Tür zum Zwinger. Der Hund rührt sich nicht. Sie stellt den Eimer hinein und schließt die Tür. Dann geht sie zum Hühnerstall, schöpft Körner aus dem Futtersack und schüttet sie auf den Boden. Sofort kommen die Hühner aus allen Richtungen gelaufen und picken gackernd zu ihren Füßen.
Plötzlich bellt der Hund. Sie hebt den Kopf und sieht zum Zwinger. Hans steht mit einem Holzscheit am Gitter und schlägt es gegen die Stäbe. Der Hund wird toll davon, aber Hans lacht nur und fährt mit dem Scheit die Stäbe entlang. Der Hund wirft sich dagegen, das Maul hat er aufgerissen, und von den Lefzen tropft Speichel. Er verbeißt sich in die Stäbe. Hans hält ihm das Holzstück hin, bis er danach schnappt. Es ruckt. Hans will das Scheit behalten, aber das Tier ist stärker und zieht, und fast hätte es auch seine Hand erwischt, da bekommt er Angst und lässt los. Der Hund zieht es in den Käfig, kauert sich darum und knurrt.
Dummes, dummes Tier, wirft Hans dem Hund ins Gesicht, aber Marianne kann sehen, wie er zittert. Sie geht zu ihm und fasst nach seiner Hand, die er ihr wieder entreißt.

Das ist langweilig, ich will ein anderes Spiel.
Wir gehen runter zum See und suchen uns einen Platz für eine Höhle.
Und was machen wir dann?
Wir machen nichts, aber es passiert uns einiges.
Was denn?
Ich werde von einer bösen Hexe in einen Vogel verwandelt und in einen Käfig gesperrt und in eine Kam-

mer getragen. Dort sitze ich mit vielen anderen Vögeln und muss darauf warten, dass du mich befreist.
Und wer bin ich?
Mein Bräutigam.
Das geht doch gar nicht.
Du tust nur so. Du musst mich suchen gehen. Wenn du mich befreist, besiegst du auch die Hexe.

Sie gehen ins Uferholz und suchen sich einen Platz. Von einem Baum hängt Efeu so weit herab, dass darunter eine Höhle entsteht. In die setzen sie sich und spielen, bis Hans die Lust verliert.
Das macht mir keinen Spaß. Außerdem muss ich mal. Er stellt sich außen vor den Stamm und zielt auf die Brennnesseln.

Das kannst du nicht.
Kann ich doch.
Aber du musst dich hinsetzen dafür.

Nein, sagt Marianne und geht nicht in die Hocke wie sonst, sondern biegt den Rücken durch und zielt ebenfalls auf die Brennnesseln. Ihr Strahl beschreibt erst einen Bogen, dann fällt er in sich zusammen und rinnt an ihren Beinen runter. Hab ich doch gesagt, sagt Hans feixend, du kannst es nicht, weil du ein Mädchen bist. Mädchen, Mädchen, Mädchen, ruft er ihr hinterher, als sie sich die Ohren zuhält und zurück zum Haus läuft, um sich die Pisse von den Beinen zu waschen.
Auf dem Hof bleibt sie wie angewurzelt stehen. Die Tür zum Zwinger steht offen, der Käfig ist leer. Aus den Augenwinkeln nimmt sie eine Bewegung wahr. Sie sieht zum Hühner-

stall. Dort liegt der Hund inmitten von Federn und lebloser Hühnerkörper.
Was stehst du so blöd rum?, sagt Hans, der hinter ihr in den Hof gekommen ist. Sie antwortet nicht, fasst nur nach ihm. Hans mag das nicht, er ist schon zu groß dafür. Er will sich frei machen, da sieht er, was sie ihm zeigen will. Der Hund hält den Kopf schräg und würgt an einer Feder. Jetzt schiebt sich seine Hand wie von selbst in ihre. Mit eckigen Bewegungen gehen sie zum Haus. Erst an der Wand löst sich die Spannung. Sie rennen zum Eingang, schlagen die Tür hinter sich zu und sind still. Nur ihre Atemzüge klingen lauter als gewöhnlich.
Ich mach Abendbrot, sagt Marianne, als sie sich wieder beruhigt haben. Sie schmiert Schnitten mit Wurst und kocht Tee. Sie setzen sich auf die Couch und essen und warten. Es ist schon dunkel, als das Geräusch eines Autos sie weckt. Marianne schreckt hoch, sie müssen eingeschlafen sein. Hans liegt halb auf ihr, ein roter Abdruck ist auf seinem Gesicht. Eine Tür fällt zu, das Licht an der Hausecke springt an. Ein lautes Fluchen, es ist Vater. Dann eine Weile nichts, dann Hundegebell, das in ein Jaulen übergeht. Dann ist es still.
Verdammt noch mal, brüllt Vater, als er in die Stube tritt, zu nichts seid ihr nutze, haut ab, ich will euch nicht mehr sehen, während sie unter seiner Hand hindurchhuschen. In der Küche bleiben sie stehen. Durch den Türspalt beobachten sie ihn. Er sitzt auf der Couch, die Hände vor sich auf dem Tisch, und starrt ins Nichts.
Was ist?, brüllt er, als sich die Tür bewegt.

Mutter?
Kommt morgen zurück.

Es klarte auf. Die Sonne brach durch die Wolken und brachte das Wasser zum Leuchten. Das Licht stach ihr in die Augen, das Blut rauschte durch den Kopf, und wenn sie sich die Hände an die Ohren hielt, konnte sie es hören. Sie hockte sich hin und umklammerte ihre Knie.
Vom Ufersaum kamen Geräusche. Sie stand auf, ging zurück bis an den Schilfrand und bog ins Unterholz. Der Boden hatte sich mit Nässe vollgesogen, bei jedem Schritt gab er nach und hinderte sie am Vorwärtskommen. An ein paar Stellen war er aufgewühlt, das mussten Wildschweine gewesen sein. In den schwarzen Kuhlen stand das Wasser. Sie lief im Zickzack, um nicht in die Löcher zu treten, dabei griffen ihr die Sträucher ins Gesicht.
Weiter vorn lag ein Baum. Er war mit dem Wipfel ins Schilf gekippt. An seinem Stamm machte sich jemand in rotschwarz karierter Joppe zu schaffen. In der Hand hielt er eine Säge. Es war Hans.

Was machst du da?
Siehst du doch.
Dafür kannst du bestraft werden. Wenn dich einer sieht.
Wenn. Holz ist teuer, und mit irgendwas muss ich der alten Dame im Winter den Hintern warm halten.
Und wie soll es weitergehen?
Was?
Willst du immer hierbleiben?

Wo soll ich denn hin? Die lässt mich nicht weg. Außerdem hab ich hier das Haus und den See.

Und wenn Mutter nicht mehr ist?

Was willst du? Etwa mit mir reden? Worüber? Über den Alten? Irgendwann konnte er nicht mehr laufen. Abgemagert ist er, und geheult hat er jedes Mal, wenn ich ihn mit ihr besucht habe. Mein Jungchen, hat er gesagt, als er noch sprechen konnte. In der Nacht bevor sie ihm eine Sonde in den Magen legen wollten, hat er dann von selbst den Geist aufgegeben. Und du hast dich in all der Zeit nie blicken lassen, warst dir wohl zu fein dazu.

Aber du.

Aber ich. Heut Nacht wird er verbrannt, und dann kommt er auf die grüne Wiese. Mutter will da später auch hin. Hat sie mir schon gesagt. Und ich muss auch dahin, weil ich hier lebenslanges Wohnrecht hab. Das haben sie sich damals so gedacht, nachdem du weg bist. Damit das Haus in der Familie bleibt. Ist wie lebenslänglich, ich komm hier nicht mehr weg. Und jetzt bist du auf einmal da. Meinetwegen kannst du wieder gehen.

Du bist schon immer impulsiv gewesen.

Kannst du mal Deutsch mit mir reden.

Du kannst auch aufbrausend sagen.

Ich weiß selbst, dass ich nicht logisch denken kann.

Ein Tritt zu viel vom alten Mann.

Er wandte sich ab und setzte die Säge an. Das Schneideblatt fraß sich nur langsam ins Holz, immer wieder geriet es ins Stocken und er musste es fluchend herausziehen und wieder ansetzen. Bald erschienen dunkle Flecken auf seiner Joppe. Das Sägemehl verteilte sich um ihn, sein frischer Duft mischte sich mit dem Geruch von säuerlichem Schweiß. Sie setzte sich in der Mitte auf den Stamm und sah Hans beim Sägen zu. Unter ihr vibrierte das Holz. Das Sägen fabrizierte ein monotones Geräusch, das einen wunschlos machen konnte. Es reichte, sitzen zu bleiben und zuzusehen, bis das Denken in die Bewegung des Sägens überging. Hans hatte mittlerweile den Stamm in zwei Hälften geteilt und schnitt nun Blöcke aus dem unteren Stück. Auf einmal hörte das Geräusch auf. Die Säge musste sich an einer Astwurzel festgefressen haben, sie ging weder vor noch zurück. Hans rüttelte noch ein paarmal daran, bis sich das Blatt durchbog, ohne etwas bewirken zu können, dann ließ er sie fluchend los.

Ein Dreck ist das.
Und jetzt?
Was und jetzt? Eine elektrische Säge muss her. Aber ich hab kein Geld dafür. Ich mach Schluss. Für heute langt es mir. Ich dreh noch 'ne Runde mit dem Boot.
Fährt das noch?
Was denn sonst?
Nimmst du mich mit?
Wenn du willst.

Im Bootshaus war es dämmrig und still. Das Boot hing an Seilen festgemacht im Wasser. Es schaukelte leicht von den Wellen, die unter dem Steg hindurch bis hierher drangen und an seinem Rumpf verebbten. Hans ging am Boot vorbei zum Tor, löste die Knoten des Seils, das es verschloss, und stieß es auf. Sofort drang der Wind herein. Er sprang ins Boot, schob die Ruder in die Dolden und wartete.

Fährst du nun mit oder nicht?

Sie ging vorsichtig bis an den Rand des Stegs und machte einen großen Schritt ins Boot. Es schaukelte, sie musste sich setzen, um nicht umzufallen. Hans nahm die Ruder und steuerte rückwärts aus dem Schuppen. Draußen wendete er, setzte sich ans Heck und zog die Anlassleine des alten Russenmotors. Der Motor gab nur ein leises Spucken von sich.

Verdammt.
Was ist?
Das Scheißding muckt. Bald kaufe ich mir einen richtigen. Fünfzig PS Yamaha.

Er zog noch ein paarmal, dann sprang der Motor endlich an.

Wo soll's denn hingehen?
Einfach nur raus.

Sie setzte sich in die Bugspitze. Der Wind peitschte ihr ins Gesicht, Gischt spritzte. Auf dem See wehte es heftiger als an Land. Weiter vorn schwammen ein paar Blesshühner. Hans beschleunigte und jagte sie, bis sie flügelschlagend aufstoben. Dann fuhr er einen Kreis und schnitt die eigene Heckwelle. Der Bootsrumpf schlug hart auf die Wellen. Sie klammerte sich an der Sitzbank fest. Hans drehte nach rechts ab und fuhr am Schilf entlang Richtung Zeltplatz. Es war der

Weg, den sie als Kinder übers Eis genommen hatten. Er führte zum Schwanenfriedhof.
Am Zeltplatz machte der See einen Knick. Dahinter fuhr der Wind mit voller Wucht in die Wellen. Am Himmel türmten sich schwarze Wolken. Sie sah sich um. Jeden Moment konnte es wieder regnen. Außer ihnen war kein anderes Boot unterwegs.

Gibt einen schönen Sturm.
Ich hab keine Lust mehr.
Jetzt, wo es Spaß macht.
Fahr mich sofort zurück.
Und wenn nicht?

Ohnmächtig vor Wut sah sie ihm dabei zu, wie er das Boot in Richtung der Wolkenfront lenkte, und kauerte sich in den Rumpf. Hans fuhr noch einmal einen Kreis, der sie beinahe umwarf, dann drosselte er den Motor und drehte ab.
Am Steg ließ er sie raus. Beim Aufstehen verlor sie das Gleichgewicht und fiel auf die Knie zurück. Ohne sich noch einmal umzuschauen, ging sie zum Haus. Der Boden schwankte unter ihren Füßen.

Auch die Feste muss man feiern, wie sie fallen. Zu Ostern wickelt Vater immer eine Fischblase in Geschenkpapier und versteckt sie im Garten. Die ersten Male erschreckt es die Kinder noch, weil das harngelbe Pergament mit dem angetrockneten Blut nur von den Fliegen umschwärmt wird. Aber mit den Jahren verliert sich das, und sie machen daraus einen Spaß, bei ihrem Anblick in lauten Jubel auszubrechen. Zu Weihnachten ist dann wieder alles umgekehrt, denn da wünscht Vater sich ein Gedicht. Großer Knochen, kleiner Knochen, Weihnachtsmann, deine Büx ist offen, sagen sie ihm ins Gesicht, bevor es Geschenke gibt. Das ist immer eine schöne Bescherung.

Auch Erwachsenwerden steht auf dem Feierplan. Hans' Jugendweihe findet im Zeltkino statt, das für diesen Zweck als Kultursaal dient. Marianne sitzt mit den Eltern in einer der hinteren Reihen und wartet auf das Ende der Würdigung von Hans, der in Anzug und Krawatte wie ein verkleideter Affe aussieht. Hans, für den nun ein neuer Lebensabschnitt beginnt, der Staat zähle auf sie alle für seine Zukunft, schließt der Redner, bevor das Gelöbnis beginnt.

Marianne ist sich nicht sicher, ob sie noch dazugehört, weil das Kleid, das sie trägt, obenrum spannt. Den Stoff dafür hat sie sich vor zwei Jahren selbst aussuchen dürfen, als sie vierzehn wurde und es Zeit war für ein Kleid.

Damals ist die Schneiderin zu ihnen gekommen, und Marianne ist mit ihr und Mutter ins Elternschlafzimmer gegangen und hat aus den Stoffbahnen, die dort ausgebreitet auf

den Betten lagen, einen ausgewählt. Marianne wählt den cremefarbenen, der wie Honigwaben wirkt. Es ist ein teurer Stoff, aber sie bekommt ihn. Bei der Anprobe fehlt Mutter, was dazu führt, dass das Kleid nicht einmal bis an die Knie reicht und enger ausfällt als gedacht.
Was hast du davon, wenn du einen Kittel trägst, der dir wie ein Sack von den Schultern hängt?, sagt die Schneiderin bei der ersten Anprobe. Wir sollten es taillieren, für einen geraden Schnitt bist du zu schmal. Sie rafft das Kleid am Rücken mit einer Nadel zusammen und schiebt sie vor den Spiegel, nun sieh dir den Unterschied an, du bist ein junges Mädchen, wär doch ein Jammer, das zu verstecken.
Marianne steht unbeholfen da und lässt die Arme hängen. Der Anblick entlockt der Schneiderin ein Lächeln. Erst als der Mehlsack sich in ein Mädchen verwandelt, weil sie die Schultern hebt und sich so zum Spiegel dreht, dass Brust und Po eine Linie ergeben, wächst sich das Lächeln der Schneiderin zu einem Lachen aus. Gut, wir machen es enger und zeigen es dann deiner Mutter.
Marianne wird wieder zum Mehlsack, als Mutter den Mund verengt und die Schneiderin fragt, ob der Preis sich geändert habe, nun, da das Modell ein anderes sei. Der Schnitt sei ein anderer, der Preis jedoch geblieben, sie möge es als Beitrag zur Jugendweihe ihrer Tochter verstehen, bietet ihr die Schneiderin augenzwinkernd an, sie seien doch alle Frauen. Mutter sagt nichts mehr dazu, sondern bezahlt und bringt die Frau zur Tür. Marianne zieht das Kleid wieder aus, das bis eben federleicht gewesen ist, ihr nun aber wie eine Last vorkommt, und bleibt im Schlafzimmer, bis Mutter wiederkommt.

Was hast du dir dabei gedacht?

Nichts. Die Schneiderin hat das für mich getan.

Du gehst jetzt zum Vater und ziehst es vor ihm an.

Marianne, die durch die Tür schlüpft und sich vor Vaters Augen umzieht, ist danach nicht mehr ganz ein Mädchen. Das Kleid erscheint ihr auf einmal doch zu eng, es lässt sich nur über Kopf anziehen und stockt an ihren Brüsten. Sie zerrt daran wie an Pferdegeschirr, bis es endlich sitzt, dann steht sie still. Nach draußen gehen kann sie nicht, Mutter in der Küche helfen kann sie nicht, das Kleid ist nur für eine Feier gedacht. Also steht sie bloß da und sieht auf Vaters Kinn und schreckt zusammen, als er sie anspricht.

Sag deiner Mutter, dass sie dir auch für oben Unterwäsche kaufen soll, so lasse ich dich nicht mehr aus dem Haus.

Nach der Feierstunde kehren sie auf den Hof zurück, weil das billiger ist und ausreichend Platz bietet für die Gäste. Vater hat aus einer Laune heraus Kalten Hund gemacht und würde noch wochenlang darauf zurückkommen, dass er es war, der sie alle versorgt hat. Am Vortag hat Marianne bereits mit Mutter Tische und Stühle vors Haus getragen, die sie sich von den Nachbarn geliehen haben.
Hans hängt noch ein paar Lampions in die Birken, während Marianne die Tischdecken mit Klammern befestigt, damit der Wind sie nicht verweht. Es verspricht ein milder Aprilabend zu werden, mit einer Luft, die keine Kälte hat.
Dann trägt sie mit Mutter die Teller und Gläser nach draußen, holt Bierflaschen aus dem Keller und stellt sie auf die

Tische. Dazu würde es geräucherten Aal geben, den hat Vater von den Fischern geholt. Marianne ist nie ganz wohl in Gegenwart der Aale, die sich vor allen großen Festen einen halben Tag lang zum Knäuel verschlungen in der Badewanne winden, bevor Mutter sie ausnimmt, damit Vater sie in den Räucherofen hängen kann. Einmal hat ein Aal Mutter in den Finger gebissen, während sie ihn putzte. Sie schrie auf und versuchte, das Tier abzuschütteln, doch der Aal ging nicht vom Finger, bis Vater den Kopf abhackte, erst den Körper beiseitelegte und dann mit dem Messer die Zahnreihen aufbrach.
Die Aale sind schon erstarrt, als Marianne sie in Stücke schneidet, die so lang sind wie ihr Mittelfinger. Beim letzten Aal wird sie von einem Motorengeräusch aus dem Takt gebracht. Es ist der Onkel. Sie wischt sich die Fettfinger ab und läuft hinaus. Am geöffneten Tor lehnt Vater und stellt die Baumwurzel dagegen, die früher ihr Klavier war. Neben ihm steht Hans, der die Gäste begrüßen soll, sich dabei allerdings geniert und nach einem Blick von Vater zu stottern beginnt, dann aber doch irgendwie alle vor das Haus bittet, wo der Onkel, sichtlich erfreut über Mariannes Beinfreiheit, zuerst auf einem Foto mit ihr anstatt mit Hans besteht. Danach Marianne, die Eltern untergehakt, mit Hans vor der Magnolie, dann Hans allein.
Angelockt von den Geräuschen kommen auch die Nachbarn, um Hans zu gratulieren, während Marianne mit einem Tablett voller Schnapsgläser danebensteht und wartet, dass die Gäste sich bedienen. Dann bittet Hans zu Tisch und sie trägt den Aal raus. Einige Runden Aal und Schnaps später ist die Stimmung auf ihrem Höhepunkt, als Vater aufsteht und zu einer Rede anhebt.

Die Kinder sind nun beide erwachsen und überhaupt geht es allen gut, dafür habe ich gesorgt.

Hans, was willst du denn später machen?, fragt der Onkel, der extra aus dem Westen hergekommen ist. Der geht in die Schweinemast, antwortet Vater für Hans. Wo ist der Bengel überhaupt, ich will auf meinen Sohn anstoßen.
Hans, der, als Vater ihn ansieht, in einem Zug das Schnapsglas leert.

Und was ist mit Marianne?
Textilfacharbeiterin vielleicht.
Schade, die ist doch so ein kluges Kind.
Willst du mir Ratschläge geben? Nichts weißt du. Oder hast du schon vergessen, dass die Familie noch jahrelang nach dem Krieg zu allen Festen Bisamratten hätte essen müssen, wenn ich nicht mit den Aalen –
Ich weiß selbst am besten, dass ich erst fünfundfünfzig aus der Gefangenschaft zurück bin, aber ich habe immerhin Nowosibirsk mit aufgebaut, und wo warst du zu der Zeit, wenn nicht in einem Lazarettbett der Alliierten?
Wir können auch hinters Haus gehen, über meine Kinder entscheide ich allein.

Ja, sagt Mutter zu ihrem Mann und zum Bruder: Es ist gut, und jetzt setzt euch wieder, schließlich ist das hier ein Fest. Der aber will sich nicht beruhigen und geht laut brabbelnd vom Tisch weg, die ganze feine Gesellschaft könne ihm mal den Buckel runterrutschen, und wie der Schwager seine Kinder erzieht, sieht man am besten am Stottern von Hans,

bei dem ist nach der achten Klasse von selbst Schluss, während es um Marianne schade sei, ein kluges Mädchen, die gehört eigentlich auf die Oberschule, schwer bei dem Vater, er könne ihr nur alles Gute wünschen.
Hans, der sich in diesem Moment vom Tisch wegdreht, ein Gemisch aus Schnaps und Aal erbricht und dann die Nachbarn bittet, sich zu bedienen. Die Nachbarn, die den Moment als Aufbruchszeichen deuten und in Schlangenlinien nach Hause gehen, während Mutter Vater, der sich kaum mehr auf den Beinen hält, aus dessen Mund sich aber ein steter Strom wüster Beschimpfungen ergießt, ins Haus führt, sodass zum Schluss Marianne nur noch ihren Onkel, der inzwischen laut schnarchend im Gras liegt, mit einer Decke zudeckt, schnell noch die Tafel abräumt und sich zuletzt vor der nun abgeräumten Tafel erst die Schürze abbindet und dann für einige Minuten in der Frühlingsluft verharrt, bis Hans sich aus dem Dunkel schält und ebenfalls ins Haus wankt.

Die Dämmerung brach an. Das Schilf lag bereits ganz im Schatten, nur am Horizont färbte die Sonne noch Wolkenfelder ein. Ein Flugzeug hinterließ eine Linie am Himmel, die im Gegenlicht erst orange aufleuchtete und dann langsam verschwand.
Beim Einbiegen in die Böschung rutschte sie aus und griff in eine Brennnesselstaude. Die Pflanze war halb so hoch wie sie, ein richtiges Gebüsch, mit kräftigen dunkelgrünen Blättern und kleinen weißen Blüten. Sie rappelte sich auf und sah sich um, ob jemand den Sturz bemerkt hatte, aber der Weg, auf dem sonst immer Spaziergänger waren, schien frei. Es war ihr peinlich. Stürze ließen einen immer hilflos aussehen. Sie schaute an sich herab. Ihre Kleidung war wie die Hände mit Erde beschmiert. Wütend rieb sie die Finger an den Hosenbeinen sauber und griff wieder zu. Sofort schossen die Nesseln ihr Gift in die Haut, aber sie ließ nicht eher davon ab, bis sie den ganzen Busch ausgerissen hatte. Es juckte und brannte zugleich. Schon bildeten sich erste Quaddeln, die sich aufblähten und dann zu stecknadelgroßen Bläschen schrumpften, böse Augen, die lidlos aus der Haut ragten, die grünen Augen der Katze vielleicht, die sie aus dem Dunkel anblitzten, oder die der Hühner, wenn sie nach Futter pickten. Die Schuppen der Fische, wenn Mutter sie ausnahm und Vater sie putzte. Der Hauklotz, das Holz, jedes Astloch, der Boden an jeder Stelle, an der ein Hühnerkopf begraben lag. Selbst die Kartoffeln hatten Augen. Morgens das Gras war voller Augen, der sonnige Mittag auch,

die Gemüsebeete glotzten sie mit Möhren-, Radieschen-, Kohlaugen an, der See besaß Augen, die er nur nicht immer zeigte, sondern unter seinen Wellen wie hinter unzähligen Lidern verbarg. Auf der Oberfläche des Abwaschwassers bildeten sich Augen, auf der Treppe zum Dachboden knarrten Augen, Augen bei Regen, im Schlamm, in den Pfützen, im Eis, in den Seerosen, im Entenflott, an den frisch gestrichenen Türen. Traueraugen, Heulaugen, Wutaugen, Glupschaugen, Riesenaugen, immer aufmerksam, immer unsichtbar.

Das Abendbrot stand bereits auf dem Tisch. Es gab Tomatensalat mit Zwiebeln. Mutter saß auf ihrem Stuhl und sah beim Essen auf den Fernseher.

Wie siehst du denn aus?
Bin ausgerutscht. Hast du Wechselsachen für mich?
Im Kleiderschrank müsste noch was von dir sein.

Die Luft im Schlafzimmer der Eltern roch modrig. Es lag an der seezugewandten Seite des Hauses, sodass das Sonnenlicht nie bis hierher drang. Mutter hatte immer noch beide Betten bezogen. Auf seiner Hälfte zeichnete sich eine Kuhle in der Matratze ab. Sie öffnete den Schrank. Auch seine Sachen hingen noch da. In einem der unteren Schubfächer fand sie eine orangefarbene Cordhose und einen alten Pullover. Die Hose passte noch wie angegossen. An der Wand stand ein alter Frisiertisch mit einem zweiflügligen Spiegel. Sie stellte sich davor und sah sich an. In den Kleidern fühlte sie sich wie früher. Sie löste den Zopf und ordnete ihr Haar so an, dass es auf die Schultern fiel. Es änderte nichts. Sie hielt ihr Gesicht näher an den Spiegel. Die Wimpern waren kaum zu sehen. Sie waren seit jeher hell gewesen und ragten kaum über das verwaschene Grau ihrer Augen. Dass man sich nie fremd vorkam, sich immer wiedererkannte. Es war, als wäre sie nie weg gewesen, und die Jahre dazwischen falteten sich zusammen wie eine Ziehharmonika. Man verlor nicht den Blick auf sich selbst, auch wenn der Rest der Welt das Kind in einem gar nicht mehr erkennen, nicht mal vergleichen konnte mit früheren Ansichten. Ein Mädchen mit einem Körper, der noch ganz jungenhaft geformt war. Ein Strich in der Landschaft, den man nicht ohne Weiteres als Mädchen erkannte, das musst du erst mal beweisen, dass du ein Mädchen bist, wie denn, sollen wir vielleicht um die Wette pullern? Ich kann das auch im Stehen. Und wie dann der Strahl die Beine runterrann. Die Kindheit hielt auch hinterher an, man wuchs nur langsam aus ihr heraus, sie hängte sich an einen wie eine Klette. Das Haus schien sie in sich einzusaugen, gestern noch Besucher, gehörte sie heute schon wieder dazu.

Sie band die Haare zusammen, klappte den Spiegel zu und ging zurück zu Mutter. Es kam nicht mehr drauf an, wie sie aussah. In der Stube schlug ihr die Ofenhitze ins Gesicht und ließ es erröten.

Dass du im Juni noch heizt.
Das ist die Schafskälte. Die kennst du bloß nicht mehr.
Wo warst du eigentlich?
Unten.
Hast du Hans gesehen?
Es ist verboten, was er macht.
Verboten. Teuer ist es, das ganze Holz.

Trotzdem lässt er das lieber sein.
Ach, du weißt ja immer alles besser. Kein Wunder.
Was?
Hast du eigentlich einen Mann?
Was geht dich das an?
Also nein.
Und wenn doch?
Du bist nicht mehr jung.
Was soll das heißen?
Bist eben ein spätes Mädchen.
Ich bin kein Mädchen mehr.
Aber meine Tochter bist du doch.
Aber so ein Leben wie du führen werd ich nie.
Hochmut kommt vor dem Fall.
Aber Schläge verpflichten.
Wir waren verheiratet.
Hast du alles schon vergessen?
Man muss auch loslassen können.
Und ich habe dich immer verteidigt.
Ich habe dich nicht darum gebeten.
Vielleicht hättest du es mal getan.

Sie sah ihr ins Gesicht und suchte nach etwas Unausgesprochenem. Aber Mutters Gesicht blieb leer, blickte an ihr vorbei auf den Bildschirm, wo eine Volksmusiksendung lief. Sie nahm ihr Brett, stand vom Tisch auf, ohne noch etwas zu sagen, und brachte es in die Küche. Die Sätze waren wie Peitschenhiebe auf sie niedergegangen, und obwohl das letzte Wort bei ihr gelegen hatte, fühlte sie sich schlecht. Ohne sich zu waschen, ging sie nach oben und setzte sich aufs Bett. Erst jetzt kamen die Fragen, die sie Mutter stellen wollte. Nun aber war es zu spät, sie zogen ihr stattdessen als Endlosschleife durch den Kopf und würden sie am Einschlafen hindern. Es war dunkel, aber im Fenster spiegelte sich ein roter Widerschein, und die Luft, die ins Zimmer drang, roch schwer nach Rauch. Sie sah zu, wie der Schein erst immer heller wurde und dann irgendwann verglomm, bis am Ende die Dunkelheit wieder die Oberhand gewann. Dann legte sie sich hin, winkelte die Beine an und stellte sich vor, sie wäre ein Embryo, der sachte in der Fruchtblase schaukelte, bereit, aufzuwachen und die Welt wahrzunehmen wie zum ersten Mal. So schlief sie ein. Im Traum verfolgte sie der Wolf und fraß sie, am Ende schaute sie aus ihm heraus. Ein Tier baute sich im Dunkel auf, war erst grün, dann gelb, dann rot, bis es zerplatzte und in vielen Blasen auf sie niederging, von denen eine das Gesicht eines Kindes annahm, das lautlos von der Scheibe eines Autofensters rann.

ZWEITER TEIL

Am Ende hat Vater doch eingewilligt, dass Marianne auf die Erweiterte Oberschule gehen darf. Seitdem nimmt sie jeden Montag früh den Bus in die Kreisstadt und fährt am Freitagnachmittag nach Hause zurück. Die Busfahrt ist wie ein Transitraum, der Internat und Zuhause voneinander trennt. Während die Landschaft an ihr vorbeizieht, denkt sie darüber nach, was sich verändert hat. Ihr fallen Begriffe aus der Schule dafür ein. Membran, das hat sie aus dem Biologieunterricht, Membran und Osmose, aber von wo nach wo? Vom Internat nach Hause: eher eine Schleuse, die die Weite des Internats auf die Enge des Zuhauses bringt. Von Zuhause zum Internat: ein Reinraum, in dem das, was sie beschwert, von ihr abfällt.

Vielleicht hat es etwas mit dem Erwachsenwerden zu tun, damit, dass die Knochen nicht nur länger werden, sondern sich auch verhärten und die eigene Wirbelsäule sich zu einem Schraubstock versteift, die den Körper aufrecht hält und die Wirbel so lange auseinanderzieht, bis man ausgewachsen ist und schwerere Arbeiten übernehmen kann, also statt Laken zusammenfalten mit Mutter die Wäsche waschen für Mutter, in einer Waschmaschine, aus der man die nassen Stücke herausnimmt und in eine Schleuder legt, jeden Samstag, stundenlang. Statt ins Ferienlager zu fahren, Essen kochen für die Familie, weil Mutter zur Kur muss und weiß, dass sie sich auf Marianne verlassen kann. Statt am Wochenende morgens im Bett liegen zu bleiben, Frühstück machen, weil Mutter vom Rosenkohlpflücken Muskelkater

hat. Ein paarmal tut sie es doch, sie hat ein Kofferradio geschenkt bekommen und hört damit heimlich den Soldatensender, bis Vater sie damit erwischt und die Antenne zerbricht.
Es macht ihr nichts. Am Montag ist sie wieder weg, zwei Tage, das hält man aus.
Nur einmal hat sie noch um etwas gekämpft. Die Katze hält ihre Jungen diesmal unterm Dach versteckt, was nur Marianne weiß, die in die hintere Ecke des Giebels kriecht, wo das Nest ist. Die Jungen fauchen sie mit geschlossenen Augen an, sodass sie sich wieder zurückzieht und sich schwört, niemandem davon zu erzählen, bis sie ihre Augen geöffnet haben, denn eine Katze, die einen ansieht, kann man nicht mehr töten, hat Vater einmal zu Hans gesagt. Als sie am nächsten Tag nach ihnen sieht, sind alle verschwunden. Nur die Alte streicht ihr um die Beine und plärrt so lange, bis Hans sie am Schwanz zieht und grient.

Hans, wo sind sie?
Weg. Olle Viecher.
Du Schwein.
Kommen doch bald wieder neue.

Nachts träumt sie manchmal, dass ihr Häute zwischen den Fingern wachsen und nur der Nök fände sie schön und begehrte sie zur Frau, eine Prinzessin bist du nicht, aber das soll mir nur recht sein. Der Hecht geleitet dich zum Traualtar, er ist mit Algen geschmückt, und ich stecke dir eine Seerose ins Haar und küsse deine Lippen, bis ein Saugen entsteht. Davon wacht sie auf und hat nasse Augen, aber das kommt vom Wasser, von der Liebe kommt es nicht.

Liebe ist wunderbar. Noch schillert sie nur geheimnisvoll, aber sie weckt auch Erwartungen, die sich heimlich in ihr ausdehnen, bis es ihr die Brust hebt, obwohl ihr manches andere die Kehle zuschnürt. Die Liebe wird kommen, schon weil es das Wort dafür gibt, sie muss, denn es gehört dazu, dass man sich irgendwann verliebt. Sie tönt aus den Liedern, die sie heimlich mit dem Kofferradio hört, Liebe ist alles, was du brauchst, man kann allein von Luft und Liebe leben, und es kann sein, dass du gerade dort stehst, wo die Liebe hinfällt. Sie winkt aus den Filmen, die im Sommerkino laufen, es ist heiß und das Gras rauscht verheißungsvoll, für eins fünfzig zeig ich dir unterm Wellblechdach die Welt.
Was aber, wenn sie gar nicht fällt, sondern dasteht und wartet, lässig gegen den Einlasszaun des Kinos gelehnt, und ihr die Hand entgegenstreckt. Er ist schlank und braun gebrannt, und jedes Mal, wenn sie ihm den Papierschnipsel reicht, der ihre Kinokarte darstellt, ist der feucht. Aber er lächelt nur und lässt die Augen blitzen, während er ihn zerreißt und ihr die eine Hälfte wiedergibt. Ich hab dich gesehen, könnte es bedeuten, ich weiß, dass du häufiger kommst.

Sie geht in die Nachmittagsvorstellung und manchmal auch abends. Für einige Filme ist sie zu jung, aber er lässt sie trotzdem rein, das zeigt ihr, dass er sie kennt. Wenn sie im Saal sitzt, schaut sie auf die Tür, obwohl schon der Film beginnt. Erst wenn die sich öffnet und wieder schließt, sieht sie nach vorn.
Beinahe täglich kommt sie vorbei. Manchmal ist es Papier, manchmal sind es Schuhe, die sie zum Schuster bringt. Oft sind es Vaters Flaschen, die sie zu Mutter in den Konsum schafft. Dabei kann sie ihn beobachten. Er ist immer

da, selbst wenn noch kein Film beginnt. Dann sitzt er am Zaun in der Sonne. Seine Haut ist glatt, nur im Nacken flirren Härchen. Sie sieht ihn im Vorbeigehen aus den Augenwinkeln an. Sie geht gerade und zieht die Schultern hoch. Sie bemüht sich, nicht hinzuschauen. Er dagegen mustert sie ungeniert, das kann sie spüren, obwohl sie nicht hinsieht. Einmal ist sie nicht schnell genug, da trifft sie sein Blick. Die Röte steigt ihr ins Gesicht, sie beschleunigt ihren Schritt.
Hey du, ruft er hinter ihr her. Sie bleibt stehen, dreht sich jedoch nicht um. Komm mal her. Seine Stimme ist tief, und er lächelt, als sie langsam zu ihm geht.

Du kommst doch häufiger vorbei.
Ja.
Bist du von hier?
Ja. Du nicht?
Nein. Ich arbeite hier nur in den Ferien.
Aha.
Du magst Filme?
Ja.
Hast du Lust, einen zu schauen? Ich hab gerade nichts zu tun.
Ich habe kein Geld.
Für dich mach ich das so.

Er springt auf, greift nach ihrer Hand und zieht sie in den Kinosaal. Unter dem Wellblechdach ballt sich die Hitze, aber die Härchen auf ihren Unterarmen ragen aus der Gänsehaut.

Die besten Plätze sind hinten in der Mitte. Setz dich schon mal. Bin gleich wieder da. Muss nur den Film einlegen. Wie heißt du eigentlich?

Marianne. Und du?

Jens.

Plötzlich ist sie allein. Der Sitz klebt an ihren Beinen, und in den Armbeugen bildet sich Schweiß. Sie wischt sie aus, sie will nicht, dass er etwas merkt. Noch nie war der Saal so leer. Sie ist die einzige Zuschauerin. Erst knackt es, dann erscheinen schwarze Flecken auf der Leinwand, dann Zahlen von Fünf bis Null, dann beginnt der Film. Im Nu wird es dunkel, nur ein schmaler Lichtspalt dringt durch die Tür. Dann reißt er die Tür auf und sie kann sehen, wie der Staub sich in den Lichtstrahlen bewegt, bevor alles wieder erlischt und sich seine Schritte nähern. Er setzt sich neben sie und legt seinen Arm hinter ihrem Rücken auf die Lehne. Das kann sie spüren, obwohl sie es nicht sieht. Es ist schwül, und ihre Armbeugen sind wieder feucht, aber sie wischt nichts mehr ab, sie bewegt sich jetzt nicht mehr, damit alles so bleibt, wie es ist. Sein Körper strahlt Wärme aus, er riecht nach Sonne und frischem Schweiß. Die Luft bleibt ihr weg, sie muss sich anstrengen, nicht laut zu atmen, etwas schnürt ihr den Brustkorb ab. Sie bleibt weiter sitzen wie bestellt, bis sich irgendwann sein Arm auf ihre Schultern senkt.

Aber die Liebe taucht nicht einfach nur auf, sie fährt ihr unter die Haut und beginnt sich einzurichten in ihr. Das Herz klopft den ganzen Tag und ruht sich nicht mal nachts aus. Morgens bleibt sie länger liegen und lächelt in sich hinein.

Am liebsten jätet sie Unkraut, da ist sie allein mit sich und kann in Gedanken ganz abwesend sein und wird dabei braun. Aber die Liebe kann noch mehr. Die Liebe macht bange Herzen leicht und verrückt einen von der Welt. Selbst das Unglück hält einer solchen Draufsicht nicht stand. Es verliert jegliche Größe und beginnt, klein und schäbig auszusehen. Den Vater verwandelt es in einen lächerlichen Mann, der nur Blasmusik hört und Grün trägt, weil das die Farbe der Jäger ist. In seiner Hosentasche steckt ein Kamm, mit dem er mehrmals am Tag sein schütteres Haar nach hinten kämmt.

Eines Tages schreibt sie auf ein Schulheft *Tagebuch* und dann nur einen Namen rein, über zwei Seiten hinweg nichts anderes als seinen Namen. Sie zieht mit den Fingern die Buchstaben nach. Nachts versteckt sie es unter ihrem Bett. Da findet es Hans und hält es ihr grinsend hin, und als sie danach greift, zieht er es weg und blättert darin. Erst als er dessen überdrüssig ist, wirft er es auf ihr Bett zurück, da bleibt zum Glück der Name verdeckt. Sie reißt ihn raus und hockt vor den weißen Seiten. Sie will etwas schreiben, etwas von sich. Lange sitzt sie so da, bis ihr die Ellenbogen schrundig werden, aber nichts kommt. Irgendwann senkt sie den Stift, schreibt, stockt, streicht durch, schreibt. Was man so fühlt. Das ist neu. Die Welt wird veränderbar. Die Arme der Mutter stecken immer im Kittel und werden langsam dick. Der Vater hat nur noch schütteres Haar und sitzt immer häufiger im Unterhemd und mit Hosenträgern auf der Couch. Ihr Bruder hat schon leichten Flaum über der Oberlippe, ist aber noch lange kein Mann wie der Jens. Und sie selbst? Einmal geht sie ins Elternschlafzimmer und stellt sich dort

vor die Spiegelkommode. Sie ist knabenhaft dünn, unter dem Hemd zeichnen sich nur leichte Erhebungen ab. Das Haar ist kiesfarben und fällt ihr irgendwie auf die Schultern. Die Farbe ihrer Augen ist verwaschen und ihre Lippen sind fast so hell wie die Haut.
Sie will etwas tun für sich, damit sie Jens gefällt. Es ist gerade Mode, Hängeohrringe zu tragen, also schließt sie sich mit zwei rohen Kartoffeln und einer erhitzten Stopfnadel im Bad ein. Dort setzt sie sich in die leere Wanne und schließt die Augen, drückt eine Kartoffel von hinten gegen das Ohrläppchen und stößt die Nadel durch, bis sie in der Kartoffel steckt. Es geht leichter, als sie es sich vorgestellt hat, wie durch ein Stück Butter, das gerade aus dem Kühlschrank kommt. Das kühle Gefühl weicht einem heißen Schmerz. Sie presst die Hand ans Ohr, aber da ist es schon vorbei. Sie beißt die Zähne zusammen und wiederholt es beim anderen Ohr, sodass sich der Schmerz auf beiden Seiten gleichmäßig verteilt. Als sie in den Spiegel schaut und in den geschwollenen Ohrläppchen noch nichts von den Löchern zu sehen ist, obwohl sie die Verletzung spürt, kommt es ihr vor, als wäre sie von nun an kein Mädchen mehr, sondern eine Frau.

Aber zur Liebe gehört auch die Eifersucht, und nur weil einer liebt, heißt es nicht, dass es dem andern auch so geht. Sie ist nicht die Einzige, die in der Schlange vor dem Kino steht. Es versetzt ihr einen Stich, wenn sie die anderen Mädchen sieht. Sie beobachtet, wie sie sich die Haare zurückstreichen, wenn sie ihn anlächeln, in knappen Röcken vor ihm stehen und ihm die Karten reichen, und jedes Mal, wenn seine Hand dabei eine andere berührt, glüht es in ihr. Nachmachen kann sie das nicht. Für die ist es nur ein Spiel,

das man im Urlaub anfängt. Leicht wie der Sommer legt sich das Vergnügen auf ihre Haut und bleibt höchstens als Erinnerung zurück. Sie sind nur so lange da wie er, das verbindet sie. Dagegen kommt sie nicht an, sie ist immer hier.
Die erste Eifersucht brandet an, schon gehört ihr nicht mehr, was noch bis eben ihr Eigen war. Aber sie will es behalten, ihr Spiel ist ernst, nur wie gewinnt man es? Die Liebe wirft sich jedem an den Hals, so ist sie von Natur, verschwenderisch und herzlos zugleich, man muss sehen, wo man bleibt. Schon schmiedet sie Pläne, zeichnet Linien in ihr Tagebuch, auf die sie unsichtbar schreibt, was ihr blühen soll. Miteinander gehen jetzt, dann Verlobung, später Heirat und weg von hier, in eine andere Stadt. Er sagt, er komme aus Berlin.
Sie denkt es sich schön, beide in einer Wohnung in der großen Stadt, Neubau mit elektrischer Waschmaschine und eigenem Bad. Kein Boiler, kein Kohleofen, stattdessen Fernwärme und Warmwasser direkt aus dem Hahn. Im Winter lässt man das Fenster gekippt und dreht die Heizung auf. Ein Telefon anmelden, um bei den Eltern anzurufen, um mitzuteilen, wann man wieder einmal vorbeikommen wird, dafür muss die Mutter extra zum Nachbarn laufen, während sie in ihrem Wohnzimmer sitzen bleibt. Auf jeden Fall aber Mutter, Vater, Kind, nur wie bekommt man ein Kind, mit dem man spielen kann?
Vielleicht muss man es wie die Katzen tun, wenn sie sich im Mai über den Erdboden rollen. Oder man muss sich durch die Kornfelder schlagen oder auf den Wiesen im hohen Gras versinken und sich auf den Bauch legen und ganz fest gegen die Erde pressen, dass keine Schlange sich mehr hindurchwinden kann, und dann so liegen bleiben. Vielleicht

sich noch nachts in die Laken drücken. Vielleicht muss man sich die Lippen mit dem Saft reifer Kirschen bemalen im Juli und sich von den Wespen an den richtigen Stellen stechen lassen im August, sodass der Körper ins Schwellen gerät. Vielleicht braucht man alles, was man am Tag tut, nur in die Nacht zu verlegen, um dann am nächsten Morgen aufzuwachen, vom Tau durchnässt. Vielleicht sich nicht mehr hellgelb fühlen wie der Raps, sondern dunkelgelb wie der Weizen, wenn er in voller Frucht steht und jedes Korn bereit ist, aus der Ähre zu springen. Vielleicht reicht es, den Spitzwegerich zu befragen, wie viele Kinder er aus seinen Fasern zieht, oder das Springkraut zu prüfen, ob es einem vom Finger hüpft. Vielleicht Blumenkränze flechten und sich das Haar dafür wachsen lassen, vielleicht Birnen vom Baum schütteln, vielleicht auch Äpfel, vielleicht sich von einer Rose stechen lassen beim Pflücken, vielleicht schwimmen gehen zu zweit und sich danach ins Gras legen, vielleicht nackt, vielleicht das Haar öffnen, vielleicht es lang wachsen lassen, vielleicht am Ende merken, dass man kein Kind mehr ist, vielleicht, ohne es zu wissen, so weit gehen, dass man danach kein Kind mehr ist, und am Ende dieses Sommers, der so lange dauert, wie ein Sommer eben dauern kann, ist sie schwanger.

Sie überlegt sich, ob es sinnvoller ist, den Kopf in den Ofen zu legen oder in den See zu gehen. Es gibt so schön rote Propangasflaschen in der Küche, an die der Herd angeschlossen ist. Sie fasst sich ein Herz, setzt sich eines Morgens im Bett auf und schreibt die Vor- und Nachteile beider Möglichkeiten in ihr Tagebuch. Jens ist fort, gesagt hat sie es ihm nicht. Während sie noch im Schreiben überlegt, ob

und wie man einen Abschiedsbrief formulieren soll, spürt sie ein zartes Flattern im Bauch, als hätte etwas von innen dagegengeklopft. Nachdem sie das Flattern zum ersten Mal in sich entdeckt, verwirft sie beide Möglichkeiten wieder und entscheidet sich stattdessen für die dritte. Das Kind schlägt deshalb Purzelbäume, was Marianne dazu bringt, mitten in der Bewegung innezuhalten, weil sich in ihr etwas zu verselbständigen beginnt. Es fühlt sich an, als würde sie wieder wachsen, und wie wäre es, einmal ein Kind zu haben, das nicht wie eine Puppe in den Armen liegt, sondern lebt?
Ihr Bauch ist noch wie immer, aber sie hält häufig inne und bleibt stehen ohne Grund. Das sieht so aus, als warte sie etwas ab, weswegen ihre Mutter sie häufiger schräg von der Seite ansieht, aber nichts dazu sagt, weil auch Marianne beharrlich schweigt. Nur als der Vater ein paar Wochen später fragt, ob Marianne schon einen Freund hat, sagt sie nicht nur Ja oder Nein, sondern fügt von sich aus hinzu: Die bekommt sogar ein Kind.

Beim Aufwachen war sie ein stilles Kind. Die Luft gab keinen Laut von sich. Das Haus könnte auch ein Bergwerk sein, geistergesichtig wurde man hier. Vielleicht hatte es schon Poren, denn es verströmte einen Geruch, der nach innen ging. Sie öffnete das Fenster. Ein kalter Windstoß fuhr ihr ins Gesicht. Über Nacht hatte es sich zugezogen, aber es regnete nicht mehr. Ein paar Krähen wanderten als krächzende Punkte über den Himmel. Ihre Füße waren kalt und an den Sohlen feucht. Sie zog das Nachthemd aus, das Mutter ihr gegeben hatte, und stellte sich nackt in die Zugluft. Es war eine ebenso trotzige wie hilflose Geste.

Als sie sich auf ihr Bett setzte, um sich anzuziehen, stießen ihre Fersen gegen einen Widerstand. Sie zog einen Karton hervor und hob den Deckel ab. Obenauf lagen eine Rassel, ein Beißring, ein bunter Stoffball, der Geräusche machte, ein Plüschbär mit eisblauem Fell. Darunter Stoffwindeln und Moltontücher sowie mehrere Leibchen und ein paar Söckchen. Eine Weile saß sie nur da, die Spielsachen um sich verteilt. Dann legte sie alles genau so zurück, wie sie es herausgenommen hatte, verschloss den Karton und schob ihn wieder unters Bett. Die Rassel gab ein Geräusch von sich, das wie das Krächzen der Krähen klang. Nur den Bären behielt sie draußen. Mit den Fingern fuhr sie durch den Plüsch. Er war verfilzt. Eins der braunen Glasaugen hing halb aus der Höhle. Sein Rücken hatte sich an einer Stelle geöffnet, dort quoll das Innenfutter hervor. Sie setzte ihn an die Wand und lehnte sich daneben.

Die Erinnerung kam ungefragt und durchfuhr sie wie ein Blitz. Die Welt geriet ins Rutschen. Der erste Schlag ist am schlimmsten, man muss sehen, dass man den übersteht, dann ist man übern Berg. Der Berg war eine ganze Weile größer als sie, also ging sie von ihm fort, damit er aus der Entfernung kleiner würde, aber es nützte nichts, der Berg hatte sich als Rucksack auf ihre Schultern gelegt und begleitete sie überallhin.

Sie zog sich an und ging nach unten. Mutter hatte ihr Sachen von sich hingelegt, man muss schon Schwarz tragen, tu es mir zuliebe. Der Pullover war zu groß, er hing am Körper wie ein schlaffer Sack.
Auf dem Wohnzimmertisch stand noch das Frühstück. Ein paar Scheiben Mischbrot, Pflaumenmus, Honig und ein Frühstücksei, über das Mutter einen selbst gehäkelten Eierwärmer gestülpt hatte. Sie nahm ihn ab, setzte das Messer an und schlug zu. Das Eiweiß war nur am Rand fest. Innen schwamm es milchig über dem Gelb. An einer Stelle war ein roter Punkt, dort hatte der Hahn zugetreten. Sie tunkte den Löffel hinein. Das Eigelb quoll hoch und mischte sich mit dem flüssigen Weiß. Ihr wurde schlecht, sie musste sich anstrengen, nicht zu würgen. Sie schob das Ei weg und zog die Zeitung heran. Sie war bei den Anzeigen aufgeschlagen. Sie las sie alle durch. Gestorben wurde viel, geboren wenig. Manche Bekanntmachungen trugen Kreuze, die meisten aber Palmwedel, Ginkgoblätter oder Rosen. Bei einer Danksagung blieb sie stecken. *Mein über alles geliebter Mann, unser Vater und Großvater* hieß es, und: *in Liebe.* Darunter ein paar Namen. Ihrer stand da neben dem von Marie.

Du bist ja schnell, sagte sie zu Mutter, die gerade hereinkam, und deutete auf die Anzeige.

Willst du gar nichts essen?
Ich esse nur hart gekochte Eier.
Du hast immer dein Frühstücksei gegessen.
Warum hast du das getan?
Das hat der Bestatter gemacht. War im Gesamtpaket dabei. Was sollen sonst die Nachbarn denken? Bei all den Leuten, die in der Kapelle waren.
Ob er ein guter Mann war, ist deine Sache. Ein guter Vater war er nicht.
Es gehört sich nun mal so.
Warum hast du meinen Namen druntergeschrieben? Und den von Marie?
Er hätte sie gern noch einmal gesehen.
Aber ich hätte das nicht gern gesehen. Das weißt du.
Es war nicht alles schlecht, Marianne.

Mutters Gesicht war wie eine Wand, an der die Wörter abprallten. Wahrscheinlich gab es in ihrem Leben drei oder vier Erinnerungen, die sie selbst im Schlaf aufsagen konnte. Sie fragte sich, ob andere sich auch sofort bedrängt fühlen würden oder ob nur sie in jedem Wortwechsel einen Angriff sah. Ihrem Gefühl nach hatte sie recht, aber kaum sprachen sie miteinander, zog sich etwas in ihr zurück, als duckte es sich weg, und versetzte sie in eine lähmende Starre. Sie wartete nicht mehr ab, ob Mutter dem noch etwas hinzufügte, sondern stand auf und ging vor die Tür.
Draußen war der Nebel so dicht, dass nicht einmal das Gartentor zu erkennen war. Sie hielt sich eine Hand vor das Ge-

sicht und führte sie langsam vor und zurück. Es war, als würden fremde Finger auf sie zukommen, um sie zu packen. Erst als Mutter hinter ihr aus der Tür trat, hörte sie damit auf.
Sie gingen den Plattenweg hoch. Mutter hakte sich bei ihr ein und zwang ihr so den Rhythmus auf. Hans hatte schon das Auto vorgefahren. Mutter nahm den Beifahrersitz. Sie setzte sich nach hinten. Als vor ihnen die Rücklichter eines Autos aufblinkten, beschleunigte Hans, um zu überholen. Sie fasste nach dem Griff an der Decke und ließ erst los, als sie wieder in die Spur eingeschert waren.

Am Friedhofstor wartete der Bestatter. Sie hatten Mühe, den Weg zu finden. Im Nebel wirkten die Grabsteine wie Schatten, kaum mit der Erde verbunden.
Sie gingen bis zur Kapelle, wo schon der Urnenträger stand. Im Gänsemarsch folgten sie ihm bis zum Urnenfeld. Mutter hatte einen Strauß Gartenblumen mitgenommen und trug ihn vor sich her. Damit er was Frisches hat. Das Loch war kaum zu sehen, und als die Urne schweigend hinabgelassen wurde, verschwand sie im Nebel, noch bevor sie den Boden berührte. Dann schaufelten die Männer das Loch zu und legten die Kränze darauf ab. Als sie fertig waren, verabschiedeten sie sich. Sie müssten noch eine Erdbestattung vorbereiten.
Sie können jetzt die Blumen ablegen, sagte der Bestatter zu Mutter. Mutter sah sich nach einer Vase um. Dort hinten an der Sammelstelle für die Gießkannen. Der Bestatter deutete auf eine Ecke ins Nichts. Hol mir mal eine, sagte Mutter zu ihr.
Sie tastete sich durch den Nebel, bis ein großes Hindernis schemenhaft vor ihr auftauchte. Es war die Abfalltonne.

Daneben steckten ein paar grüne Plastikvasen in der Erde. Sie nahm eine, befüllte sie mit Wasser und ging wieder zurück. Die Gruppe um die Urnenstelle schälte sich nur langsam aus dem Nebel. Jemand stand mit verschränkten Armen da und hatte die Knie durchgedrückt. In dieser Haltung sah er aus wie Vater. Sie stockte und wollte nicht weitergehen. Erst dann wurde ihr klar, dass es niemand anders sein konnte als Hans. Ohne jemanden anzusehen, hockte sie sich hin und trieb die Vase in die lockere Erde. Mutter hielt ihr die Blumen hin. Sie nahm den Strauß und stellte ihn ab. Ein bisschen weiter nach hinten, sagte Mutter.
Eine Weile standen sie noch um die Stelle. Mutter weinte. Hans' Gesicht blieb leer, doch seine Hände zitterten. Er räusperte sich und ging zum Auto zurück. Sofort hatte ihn der Nebel geschluckt. Trotzdem hörte sie ihn ausspucken. Sie grub die Hände tiefer in den Mantel, den Mutter ihr gegeben hatte. Der Nebel drang in den Stoff und die Wolle sog sich mit Feuchte voll. Sie fühlte sich darin doppelt schwer.

Wie soll es jetzt weitergehen?, fragte sie Mutter.
Erst mal wieder zurück nach Hause, der Ofen geht sonst aus.

Im Ofen war nur noch ein Glutrest. Mutter kniete sich hin und öffnete die Klappe, um neues Holz nachzulegen. Dabei rutschte ihr die Hose hoch und gab ihre Knöchel frei. Die Haut war weiß und rissig und von Flecken übersät. Beim Aufstehen ächzte sie.

Kann Hans das nicht machen?
Der bringt mir schon immer das Holz rein.

Hast du Nähzeug?
Im Nähkasten. Wofür brauchst du es?
Ich will etwas annähen.
Das kann ich doch machen.
Ich habe die Kindersachen gefunden.
Das alte Zeug.
Warum hast du sie aufgehoben?
Ich dachte, du würdest irgendwann kommen und sie dir holen.
Ich nehm jetzt ein Bad.
Um diese Zeit? Es gibt gleich Mittag.
Mir ist kalt.

Die Tür zum Bad war verschlossen. Sie wartete, bis der Schlüssel sich drehte und Hans herauskam. Seine Augen waren leicht gerötet.

Mittag schon fertig?
Lässt du dir alles von ihr machen?
Sie will es doch so. Ich sag nicht Nein.
Und deine Wäsche wäscht sie auch.
Und? Ich würde da jetzt nicht reingehen, sagte er mit einem Grinsen. Könnte sein, die Fliegen fallen von der Wand.

Im Toilettenbecken klebten Spuren von Kacke. Sie ließ den Deckel auf die Klobrille fallen und setzte sich. Es stank. Sie stand wieder auf und kippte das Fenster, bis der Geruch halbwegs verflogen war. Sie fühlte sich elend. Ihr Körper fror, aber der Kopf glühte. Das Unterhemd war feucht und roch nach kaltem Schweiß. Ihr eigener Körpergeruch widerte sie an. Sie drehte den Badewannenhahn auf und ließ sich warmes Wasser über die Handgelenke laufen. Dann schloss sie das Fenster wieder, zog sich aus, stieg in die Wanne und drehte den Hahn auf heiß. Das Wasser brühte die Haut krebsrot, aber ihre Beine waren so kalt, dass sie zunächst kaum etwas spürte. Sie schüttete so viel Badezusatz hinein, dass sich genug Schaum bildete, lehnte sich zurück und wartete darauf, dass die Schaumkronen ihren Körper umschlossen. Der Schaum wuchs sich zum Gebirge aus, eine dicke Wand aus Wolken, in denen sie versank.

Als es genug war, richtete sie sich auf und stellte das Wasser ab. Das Fenster war vom Dampf beschlagen, sodass der Nebel draußen nicht mehr zu erkennen war. Das Mückengitter war eingerissen und hing schlaff in den Raum. Sie sah an die Decke. Über ihr saß reglos ein Weberknecht. Unter der aufsteigenden Hitze begann er sich zu bewegen. Ihm fehlte ein Bein, es wirkte hilflos, wie er versuchte, die Ecke zu erreichen.

An was für ein Leben wäre sich zu erinnern? Beim Erinnern versagt die Einbildungskraft. Wann ist man an der Reihe, was wünscht man sich dann? Wünsche erfüllen sich nicht, sie ersetzen nur.

Ein Tag später als gestern. Ein Jahr später als letztes Jahr. Sie schloss die Augen. Marie kam auf sie zugelaufen, die Bewegungen anfangs noch ungeschickt, später flüssig. Dann, wie sie Hand in Hand gingen, nur die kleinen Finger ineinandergehakt. Sie kehrte wieder an den Anfang zurück und rief die Erinnerung erneut ab. Wieder lief Marie mit eckigen Bewegungen auf sie zu. Sosehr sie es auch versuchte, es gelang ihr nicht, sich vorzustellen, wie Marie sich ihr in die Arme warf und aufgefangen wurde. Es war wie

bei einem Film, der vorher riss. Am Ende fehlte ein Bild. Sie schlug die Augen auf. Marie gehörte nicht hierher. Ihre Tochter gehörte nur ihr.
Der Schaum hatte sich mittlerweile aufgelöst. Sie sah an sich hinab. Unter Wasser wirkte ihr Körper seltsam verzerrt. Sie zog den Stöpsel und wartete darauf, dass sie langsam schwerer wurde. Als kehrte sie in sich zurück.
Sie sah auf ihren Bauch. Entlang der Hüftknochen verliefen ein paar helle Narben, dünne Striche nur, fast schon verblichen, die konnten vom Wachstum sein, die hatte jeder ab einem bestimmten Alter.
Das Wasser formte einen letzten Wirbel über dem Abfluss, dann war es weg.

Wie geht Gebären? Wie die Tiere vielleicht. Sich wie die Katze in den Schatten legen oder an einen dunklen Ort zurückziehen, der klein ist und eng. Die Zunge heraushängen lassen und auf der Seite liegen, warten und keinen Laut von sich geben. Ein stummes Leiden, ein Schmoren wie im eigenen Saft, aber aus Schleim, nur die Katze schnurrt extralaut dagegen an. Bis es herausflutscht und glitscht und sauber geleckt wird. Selten nur eins.

Wie geht Gebären? Es fasst einen an. Etwas nimmt seinen Lauf und geschieht ganz von allein. Neun Monate wächst der Bauch und sendet Zeichen aus. Die Zeichen verteilen sich über den ganzen Körper. Anfangs ist es ein Schwindel, der sie überfällt, wenn sie aufstehen will. Dann eine große Müdigkeit. Ein paarmal muss sie sich übergeben, sie versucht das leise zu tun. Sie wird nie mehr allein sein. Sie ist jetzt schon zu zweit. Den Bauch versteckt sie vor Vater, Mutter fragt nicht danach, die kennt das ja. Nur wenn sie für sich ist, schaut sie hin. Kaum nimmt sie zu, nur im Gesicht, die Wangen sind bald nicht mehr konkav.

Wenn sie Johannisbeeren pflückt, singt sie leise vor sich hin. Als die Brombeeren reifen, nimmt Mutter ihr die nasse Wäsche ab und legt sie selbst in die Schleuder. Einmal kippt sie aus dem Stand heraus um, da ist sie schon deutlich rund. Mutter sieht, wie sie fällt, sagt aber nichts, sondern hilft ihr nur, auf die Beine zu kommen. Am nächsten Tag gibt es Fleisch, obwohl noch nicht Sonntag ist, und von da an häufiger. Der Sommer ist in den Spätsommer übergegangen, das

Licht ist nicht mehr so hart, selbst mittags wirkt alles wie weichgezeichnet.

Mittlerweile sind die Bohnen reif, dicke runde und lange schmale, grün und gelb. Die dicken werden von Mutter geerntet, die schmalen pflückt Vater von den Ranken. Es gibt sie jeden Tag, Mutter macht daraus Salat oder gibt sie den Eintöpfen bei. Mit den Eintöpfen fängt das Einwecken an. Der Kürbis, der auf dem Misthaufen wächst, ist schon größer als ihr Bauch, mit seiner Farbe schreit er die Fruchtbarkeit aus sich heraus, das ist fast zu viel. Er wird an einem anderen Wochentag geschlachtet als die Enten und Hühner, und beim Ausnehmen geht es viel unblutiger zu. Sie kratzt die Kerne aus dem Fleisch, das darf sie noch. Den Kürbis zerschneidet Hans. Mutter holt die Einweckgläser aus dem Keller, wäscht sie einmal ab und gibt die Kürbisstücke zusammen mit Nelken, Zucker und Essig hinein. Dann verschließt sie die Gläser luftdicht und stellt sie in einen großen Topf, immer vier oder fünf zugleich, und lässt es kochen. Sie soll aufpassen, dass die Temperatur im Topf nicht fällt.
Jeden Tag sammelt sie Äpfel auf, auch wenn der Bauch ihr beim Bücken im Weg ist. Die ersten Äpfel sind noch grün und duften kaum. Die nächsten aber duften schon nach, der Geruch macht sie größer, als sie sind. Sie werden zu Kompott verkocht, das es nach dem Mittagessen gibt. Die restlichen Äpfel holen Vater und Hans mit dem Pflücker vom Baum. Mutter stellt den Entsafter an, und das soll sie nun wieder tun: die Äpfel oben hineindrücken und unten läuft der Most heraus, den Mutter erst in Krüge füllt und dann, wenn er sich gesetzt hat, in Flaschen, die in den Keller kommen für später, für den Winter. Sie macht das tagelang.

Aber es hängen noch immer Äpfel am Baum, und nun kleidet sie Holzstiegen mit Zeitungspapier aus, in die sie jeden Apfel einzeln legt, damit es keine Druckstellen gibt. Auch die sind für später und lagern auf dem Dachboden, sie kann sie riechen, wenn sie schlafen geht. Nicht mal Licht machen muss sie mehr, denn die Äpfel strahlen grün und gelb und rot, je nach Sorte, der Cox Orange kleiner als der Kaiser-Wilhelm, dafür leuchtet er mehr. Der Kaiser-Wilhelm saftiger als der Boskop, der ist dafür schwerer.
Nach den Äpfeln kommen die Nüsse. Das Sammeln der Haselnüsse fällt ihr schwer, aber die Walnüsse hebt sie auf, und manchmal knackt sie eine mit dem Fuß und holt die Frucht heraus. Die Nuss ist da noch von einer grünen Haut umhüllt, die sie pellen muss, weil es sonst bitter schmeckt. Noch ist sie leicht zu lösen, erst später zieht sie sich eng um die Frucht und wird braun. So klein, denkt sie, sieht aber aus wie ein Gehirn, schon viel größer, das Kind, schon viel mehr Gehirn.
Auch die Nüsse werden getrocknet, und dann füllt Mutter Netze mit ihnen und sagt Marianne, dass sie helfen soll, das wirst du brauchen, immer eine Handvoll Nüsse am Tag. Da ist es Oktober. Nun rüschen die Bäume sich auf, sind nach den Äpfeln die Nächsten in Grün, Gelb und Rot.
Schon folgen die ersten Stürme, mit denen das Laub von den Bäumen kommt. Und trotzdem kann das Wetter noch schön sein. Die Luft riecht nach Ernte und Holz und auch schon ein wenig nach Kälte. Sie harkt das Laub zusammen, obwohl ihr der Rücken schmerzt, und Hans schichtet alles zu Haufen, die er mit Vater entzündet. Sie geht nur einmal hinters Haus, um sich das Feuer anzusehen, es ist ihr zu viel Rauch. Der Sturm hört nun auch nachts nicht auf, er zerrt

an den Nerven, lässt einen schneller gereizt sein, es kümmert sie kaum. Sie spürt ihr Kind, sie kann nun mit der Hand dorthin fassen, wo sie Fuß oder Po vermutet, sie streicht über diese Stellen und drückt sachte zurück, was hervortritt. Wie es wohl aussehen wird?

Sie würde gern in sich selbst eintauchen und bis in die Bauchhöhle schwimmen, um es sich anzuschauen, aber die Hebamme weiß es besser, hier ist der Fuß und hier schlägt das Herz, sagt sie, als sie das Hörrohr wandern lässt.

Ein Bauch aus Glas wäre schön, sagt sie einmal, dann könnte es schon was sehen von der Welt.

Alles ist gut so, wie es ist, Mädchen, sagt die Hebamme nur und klingt darin bestimmt. So ist es sicher und hat es warm, und wer weiß, ob es sich nicht abwenden würde von dem, was es sieht.

Man lässt sie in Ruhe, nicht mal Mutter hat mehr Arbeit für sie, das gibt ihr Zeit zum Denken. Das Nachdenken ist ungewohnt, weil es der Zukunft gilt, so etwas hat sie noch nie getan. Sie kann nicht mehr nur drauf warten, dass ihr eine Wimper ausfällt, damit sie sich was wünscht. Sie müsste sich ja sämtliche Wimpern von den Lidern reißen, und selbst das genügte nicht, weil es so viele Wimpern wie Wünsche gar nicht geben kann, weil die Wünsche doch auch nichts anderes sind als verhinderte Angst.

Von innen formt das Ungeborene Wellen auf der Mutterhaut und spielt mit ihrem Nabel. Ihr Bauchnabel ist nun ganz ausgestülpt, die Haut, die zum Vorschein kommt, schrundig und grau. Sie zieht sie langsam ab, sie pellt sich da.

Morgens bleibt sie ein paar Minuten länger liegen, schiebt das Nachthemd hoch und wartet auf das erste Klopfzeichen. Erst dann steht sie auf.

Mutter geht zur Nachbarin und kommt mit einem Kinderwagen zurück. Ein paar Tage später wird sie ins Elternschlafzimmer gerufen, hier, sagt Mutter, als sie mit dem Kopf aus dem Kleiderschrank hervorkommt, das ist noch von dir und das ist von Hans, wir wissen ja nicht, was es wird.
Ein Mädchen, denkt sie sich. Sie hat noch nie darüber nachgedacht, sie wünscht es sich.

Die Luft wird kälter in den folgenden Wochen, sie ist vom Regen satt, der die Kleidung durchnässt, dass alle Haut darunter klamm wird. Es kümmert sie nicht. Sie denkt an ihr Kind. Immer wieder schaut sie sich die kleinen Sachen an, besonders die Söckchen haben es ihr angetan. Sie kann sie über zwei Finger einer Hand stülpen, so klein, denkt sie, aber schon alles dran.
Beim Wurstmachen nach dem Schlachten ist sie nicht mehr dabei und auch die Enten nimmt Mutter allein in der Küche aus, nachdem sie sich einmal beim Aufschneiden des Entenmagens ins Waschbecken übergeben hat, sie verträgt den Geruch nicht mehr. Mutter macht Schwarzsauer aus dem Entenblut und gibt die Flügel mit hinein. Sie bittet da schon um Quark und Brot, auch wenn Vater fragt, ob sie etwas Besseres sei, aber Mutter bringt es ihr, und Vater schweigt. Nur beim Fleisch greift sie zu, es ist ein Hunger, der von innen kommt und den sie in seiner Gier zum ersten Mal erlebt.
Da ist es November und schon nachmittags dunkel, und nun ist alles getan, nun kann der Winter kommen. Nur sie spürt eine Unruhe in sich aufsteigen, die nicht zur Jahreszeit gehört. Nachts weiß sie nicht mehr, wie sie liegen soll, jede Seite ihres Körpers wird schon nach kurzer Weile taub.

Ihr Bauch ist nichts Eigenes mehr, eher ein Gefäß für etwas, das soll raus. Sie merkt, dass sie ungeduldig wird. Abends schaut Vater sich Dokumentarfilme im Fernsehen an. Nackte Menschen fertigen Kalebassen aus Tierhaut, in die sie Wasser füllen, genau so ist es mit ihrem Bauch. Sie fängt an, lauter mit ihm zu reden und mit dem, was in ihm steckt, was von drinnen kommt, soll auch mal raus, sagt sie und hält es kaum noch aus. Sie schimpft schon mit ihrem Bauch. Nachts träumt sie von der Geburt und hat Angst dabei. Die Angst steht dunkel in ihr auf und gähnt sie an, sie hat Zeit, denn Ruhe gibt es nicht, nicht bis zum Schluss, darüber liegt sie lange wach.
Morgens ist ihr Körper krumm, da sie nachts nur angewinkelt liegen kann. Das ist die Schonhaltung, sie ähnelt der Haltung des Kindes im Bauch. Dann fühlt sie sich wie eine alte Frau und muss sich strecken. Sie stellt sich dafür an die Wand und drückt die Beine durch, bis ein Krampf kommt, der ihr die Tränen in die Augen treibt. Die Krämpfe werden immer häufiger, sie kommen auch nachts und wecken sie auf. Dann hält sie sich die Hand vor den Mund, um Hans nicht zu wecken, und massiert sich die Stelle, die hart ist wie eine gespannte Feder. Es ist dunkel, wenn sie aufwacht und auf Toilette geht, es ist immer noch dunkel, wenn sie wieder eingeschlafen ist und das nächste Mal aufwacht, weil sie muss.
Ihr ist kalt, etwas friert in ihr, und sie hat Angst. Der November tut schon vom Zusehen weh, alles ist kahl, und an den Bäumen hängt nur noch vereinzelt Laub. Der Garten ist doppelt so groß wie sonst. Aus der Erde ist alles rausgeholt, die Beete sind leer, die Bäume entblätterte Gerippe, die nachts ihre Äste gegen das Dachbodenfenster schlagen. Davon

wacht sie auf, zusammen mit dem Kind, weil auch das Kind sich dagegen wehren will.
Bis zum See kann man jetzt durchblicken, er ist eine Bleiwüste, auf der sich nichts mehr regt. Selbst Vater fährt nicht mehr mit den Fischern raus. Aber der Wind fegt vom See durch bis zum Haus und der Regen peitscht von außen gegen die Fenster.
Der erste Schnee fällt, mehr noch ein Regen, ein Graupelschauer, sagt der Wetterbericht, es soll die nächsten Tage so bleiben. Manchmal fällt deshalb der Fernseher aus.
Ein paar Tage hat sie Rückenschmerzen, danach ist der Nabel nach unten gerutscht und sie kann wieder besser atmen, das Kind liegt ihr nicht mehr auf der Lunge. Sie weiß das auch ohne Mutter zu fragen. Da ist fast kein Abstand mehr zwischen ihr und dem Kind.
Sie essen Abendbrot im Dunkeln und trinken schwarzen Tee mit Zitrone. Mutter tischt die ersten Vorräte auf, sauer eingelegten Hering oder polnische Gurken. Eier gibt es immer, auch wenn die Hühner nun lieber drinnen sind. In den Stall darf sie auch nicht mehr, Mutter schickt stattdessen Hans, zu viele Federn. Mutter scheucht auch die Katze weg, die ihr eng um die Beine geht, pass auf deinen Bauch auf, die springt dir noch drauf. Es ist das erste Mal, dass sie den Bauch erwähnt.
Dann kommt der Tag, an dem das Wetter plötzlich aufklart. Die Sonne wärmt noch ein wenig, als sie sich träge wie eine vollgefressene Löwin auf die Bank vor das Haus setzt. Die Luft wird so warm, dass sie schließlich im T-Shirt sitzt. Bald schläft sie ein und bemerkt gar nicht das leichte Ziehen im Bauch, das nach und nach zunimmt.

Der Nebel hatte sich aufgelöst, und die Sonne sandte ein fahles Licht durch die Wolken. Sie musste die Augen zusammenkneifen, obwohl der Himmel immer noch bedeckt war, aber das Weiß war heller als gewöhnlich, es machte einen blind. Überall im Gras lag Reisig verstreut, langgliedrige, dünne Äste, eher Peitschen als Holz. Die Birken mussten es in den Tagen zuvor abgeworfen haben. Sie sammelte es auf und schichtete alles zu einem Haufen. Es roch frisch und nach Frühling. An den Apfelbäumen hatten sich Blüten gebildet. Durch den Kälteeinbruch drohten sie zu erfrieren.

Über ihr raschelten die Birken, als wollten sie ihre Gedanken übertönen. Zwischen den Stämmen hing träge eine Schaukel. Das Sitzbrett war noch das Gleiche wie früher. Sie setzte sich, die Seile zogen unter ihrem Gewicht an. Es knackte.

Sie sah nach oben. Eine Stahlstange war durch zwei Astgabeln geschoben. Sie war über und über mit Rost bedeckt, vielleicht auch schon durchgerostet, weil der Rost sich leise durch die Jahre gefressen hatte und das Metall immer dünner und brüchiger werden ließ, bis die Stange bei der nächsten Belastung in zwei Hälften brechen würde, vielleicht war dieser Moment jetzt gekommen.

Doch sie hielt.

Sie stieß sich mit den Beinen ab und schwang ihren Körper vor und zurück, in der Hoffnung, der Schwung würde sie so hoch tragen, dass sie über die Hecke sehen konnte. Aber es gelang ihr nicht. Es war ihr schon als Kind nicht gelungen.

Sie ließ sich auspendeln und sprang ab. Das Reisig auf den Armen ging sie in den Hinterhof.

Das Feuer war über Nacht zu einem Hügel aus grauweißer Asche zusammengesunken. Sie warf das Reisig ab und hockte sich vor die Feuerstelle. Als sie hineinblies, stob Asche auf und ließ sie husten. Sie nahm einen Stock, schob die Bruchstücke vorsichtig auseinander und hielt eine Hand darüber. An einer Stelle stieg von einem dicken Holzstück noch Restwärme auf. Sie blies es an, bis sich Glut zeigte. Dann brach sie das Reisig in kleine Stücke, häufte es mit etwas Laub auf die Stelle und blies weiter, bis aus der Glut eine Flamme sprang, die unruhig hin und her zuckte.
Sie zog den Kopf zurück und blieb noch eine Weile hocken. Ihr war schwindlig, doch sie hatte keine Zeit, die Flamme war noch zu schwach, eher ein Irrlicht, ein kleines Kind. Sie schob Laub nach und fütterte das Feuer mit weiteren Zweigen.
Als es zuverlässig brannte, richtete sie sich wieder auf. Der Rücken tat ihr weh, so lange in dieser Position zu bleiben, war sie nicht gewohnt. Sie fragte sich, wie Mutter das jeden Tag mit den Öfen machte, es musste die jahrelange Übung sein, die sie den Schmerz nicht mehr spüren ließ.
Die aufsteigende Hitze brachte die Luft zum Flirren. Durch das schwankende Bild sah sie hinunter zum See. Er war von Wellen zerfurcht. Nur das Schilf ragte aus dem grauen Wasser. Als ein Windstoß kam, duckten sich die Rohre wie unter einer Hand. Noch war zu sehen, wo der Winter es ausgedünnt hatte, denn die grünen Halme wuchsen erst nach. Sie konnte den Baum erkennen, an dem Hans am Vortag gesägt hatte. Einige der Holzstücke musste er bereits am Abend

hochgetragen haben, sie lagen neben dem Hauklotz und in dem steckte noch die Axt.
Etwas trieb sie dorthin, fast gewaltsam riss sie die Schneide aus dem Holz und legte einen der Klafter auf. Schon starrte er sie aus blinden Augen an, aber wo gehobelt wird, da fallen Späne. Sie umschloss die Axt mit beiden Händen und ließ sie niederfahren. Die Schneide drang in das Holz und blieb stecken, während die Kraft des Schlags ihr in die Gelenke schoss und den ganzen Körper vibrieren ließ. Kein Tag gleicht dem andern, einmauern könnte man einen damit, aber es gibt auch eine andere Wärme, wenn es verbrennt. Vorsichtig lockerte sie die Axt, bis sie die Schneide rausziehen konnte, und schlug erneut zu. Das Holz bekam einen Riss, blieb aber ganz. Erst kam die Ältere, mit Schmerzen. Wieder riss sie die Axt aus dem Holz und schlug zu. Der Riss verbreiterte sich zu einem Spalt, in den sie noch mehrmals hieb, bis der Klotz in zwei Teile zerfiel. Dann kam der Jüngste, wie nebenbei. In dem fahlen Tageslicht sah sein gelbes Fleisch aus wie eine schwärende Wunde. Ob man seine Kinder gut erzogen hat, erkennt man daran, dass sie sich in der Fremde bewähren. Manche Scheite behalten ihre Augen. Die haben etwas gesehen, und man verbrennt sie immer zuerst.

Mit dem letzten Scheit trieb sie die Axt in den Klotz zurück. Sie war ins Schwitzen geraten, ihre Arme zitterten und fühlten sich an wie Gummi. Sie schnüffelte an sich. Der Schweiß war warm und roch würzig. Um den Hauklotz verteilt lagen gelb die Scheite. Sie nahm einen Armvoll und ging zum Feuer zurück. Es brannte, war aber noch so klein, dass die Wärme nicht bei ihr ankam.

Eine Böe ließ das Feuer plötzlich auflohen. Die Hitzewolke schlug ihr gegen die Stirn und versengte die Wimpern. In ihr stieg Wut auf. Die Wut loderte hell und rot, biss ihr in die Nase wie der Rauch der Feuer, in denen jedes Jahr die Gartenabfälle verbrannten, nicht jedoch die Erinnerungen, sodass die Luft nicht gereinigt wurde, und es war, als würgte man beim Atmen ein Filzknäuel hoch wie die Tiere ihr Gewölle: Haare, Knochenstücke, alle unverdaulichen Reste. Wie die Hirschgeweihe an der Wand, an denen er so hing. Ein Wohnzimmer voll gehörnter Schädel, aus deren Augenhöhlen etwas auf einen zurückstarrte. Sie lebten unter diesen Augen und saßen um den einen Tisch, dreimal täglich aßen sie hier, im Sommer putzten sie Kartoffeln und im Herbst Pilze, und der Familienfrieden lag wie Tünche auf allem, was darunter lauerte. Man müsste alles verbrennen, es in Flammen aufgehen lassen, bis das Knistern zum Knacken und das Knacken zum Tosen wurde, Flammen, so hoch wie Bäume, fast kein Rauch, dafür wäre das Geräusch des Feuers umso lauter.

Aber es brannte nicht. Aus den Scheiten schäumte bloß gelber Saft, der in den Flammen verzischte. Stattdessen hüllte beißender Rauch das Haus ein. Sie schob ein paar alte Zeitungen in die Flammen, aber auch die kräuselten sich nur, wurden schwarz und immer weniger. Ringsum war der Boden regengetränkt, aber das Feuer gab nicht auf, es zuckte, zischte und stöhnte, Tanzen war das nicht, eher Torkeln. Etwas klopfte von innen an ihren Schädel, vielleicht Vater, der von der Arbeit kommt und sich auf seinem Weg nach Hause erst durch die Kneipen trinkt und jedes Gerücht mitnimmt, bis sich ihm ein eigenes entspinnt, in dem seine Frau die

Hauptrolle spielt, und ist das Kind überhaupt von ihm, er wird ihr zeigen, wer der Herr im Hause ist. Mutter: Für die paar schönen Stunden muss ich so leiden. Leiden?, meldet sich das Kind in ihrem Bauch, nimmt die Fäuste von den Augen, sieht hinaus und erschrickt vor dem, was sich da anbahnt, das will es nicht. Leiden, sagt Mutter, das darf sie nicht, als ihre Tochter mit der letzten Wehe auf die Welt geschwemmt wird, die wird mir helfen, wenn sie größer wird, sie muss. Leiden!, stöhnt das Kind noch im Bauch und will nicht recht, bis die Mutter es hinauswirft, und ob es ein Mädchen oder Junge werde, könne einem vorher ja doch keiner sagen, aber es heißt auch, dass Mädchen dann entstehen, wenn der Samen, der am längsten braucht, auf die Eizelle trifft, die sich die meiste Zeit gelassen hat. Mädchen sind also vorhersehbar. Das ist gut, stöhnt Jens im Gras hinter dem Zeltkino, und pumpt sich in Marianne hinein, während in ihr etwas zerreißt, das sie später im rot eingefärbten Toilettenbecken runterspült, ein paar Fetzen schwimmen dort, und hoffentlich ist jetzt nichts kaputt, während zwei Hälften, die vorher noch taubstumm waren, in ihr zusammenkommen und etwas miteinander anfangen, und wie sich ab dann etwas in ihr zu verselbständigen beginnt, sich als ein Punkt in eine weiche Wand einnistet und dann vierteilt und von da an nie wieder aufhört zu wachsen, bis ein heftiger Schmerz sie durchzuckt und sich etwas ganz Altes in ihrem Körper aufbäumt und aus Schmerzen Wellen formt, die das Kind durchs Becken zum Ausgang treiben und sie bis an den Rand. Du musst pressen, schreit die Schwester sie an und holt die Zange, was muss, das muss, es dauert nicht mehr lang. Wie kann es sein, dass man sich wünscht, nirgendwo anzukommen, der Nök wird es doch nicht behalten wollen, wenn er erst einmal sieht, wie hässlich sie ist. Sodass der Tod bloß am Rande erscheint und mit der Sense den Faden berührt, jedoch nicht zerteilt, sondern nur kurz zu sich zieht und sich vor Augen hält, bevor er ihn wieder zurückschnellen lässt, und sich ab dann eine Masche wie ein Fehler durchs Gewebe zieht. Ich weiß, seufzt irgendjemand, so geht das ein Leben lang, und wenn du jetzt nach innen siehst, dann glotzt dich nur der Abgrund an.

Das Kind ist ein Mädchen, ein Leichtgewicht. Es ist so groß wie Kinder sind, wenn sie geboren werden, bringt aber ein Drittel weniger Gewicht mit. Es kommt stumm auf die Welt und schaut sich nur um. Das gibt's doch nicht, sagt die Schwester und verpasst ihm einen Klaps auf den Po, ein Kind muss schreien, wenn es kommt. Als Mutter es zum ersten Mal sieht, sagt sie, die fass ich nicht an. Vater sagt gar nichts, sieht aber genau hin. Sie hat eine schöne Kopfform, sagt er dann.

Die Schwestern auf Station sehen sich nur kurz ihre Brüste an, das brauchen wir gar nicht erst probieren, sagen sie und gehen weiter. Trotzdem versucht sie es zu stillen, aber schon in den ersten Tagen schwillt ihr die Brust zu und wird knotig. Auch wenn das Kind dran saugt, geht der Druck nicht weg, bis erst sie schreit und dann das Kind. Beiß die Zähne zusammen, sagt Mutter. Die Hebamme sagt, sie hätte keine Milch mehr, weil die Brust schon zu lange entzündet sei. Mutter sieht nur zu, wenn sie die Flasche auf dem Gasherd erwärmt, ich habe dich gestillt, bis du laufen konntest.

Das Kind saugt weiter an ihr und zerbeißt ihr die Brustwarzen, obwohl da nichts mehr ist, aber es lässt sich nur so beruhigen. Nachts, wenn sie es anlegt, kommt es ihr vor wie ein Nacktmull, nur der Mund steht weit offen und sucht. Am nächsten Morgen sind auf dem Nachthemd zwei eingetrocknete Blutflecken zu sehen. Am Tag reiben sie wund an der Baumwolle entlang. Nach einer Weile fühlen sie sich holzig an.

Du kannst nicht mehr oben schlafen mit dem Kind, sagt Mutter, es stört Hans, und richtet ihr die Kammer neben dem Schlafzimmer der Eltern her. Die Kammer ist dunkel und kalt und voll mit Geräuschen, die aus dem Elternzimmer dringen. Sie hört nicht hin, will nur, dass das Kind nicht schreit, damit es Vater nicht weckt. Aber ihr Kind schläft die ganze Nacht, während sie wach danebenliegt. Nur manchmal zittert es auf und zieht hörbar Luft ein, das klingt wie ein Seufzen.
Sie hat jetzt ein Kind, was fängt man damit an? Man hat es lieb, man gibt ihm zu essen, man zieht es an. Sie zieht ihm Söckchen über und legt ihm Stoffwindeln um. Die Windeln kocht sie alle paar Tage bei neunzig Grad, legt sie danach in die Schleuder und hängt sie in den Schuppen im Hinterhof. Der Schuppen ist nur ein offener Verhau mit Dach, sodass der Wind hindurchweht und sie trocknet.
Beim Aufhängen der Wäsche werden ihr die Finger klamm. Häufig schleudert sie spätabends noch und hängt dann alles in der Dunkelheit auf. Am Morgen ist die Wäsche zu harten Falten erstarrt. Die Leibchen baumeln von der Leine wie geköpfte Hühner. Es ist alles fürs Kind.
Manchmal tun sich Fragen in ihr auf, was hat es von mir und was gebe ich ihm mit? Sie liegt wach, wenn nachts der Sturm den Regen ans Fenster fetzt. Dann kriecht die Angst mit ins Bett, dann sind sie zu dritt. So ein Wesen, völlig hilflos und ganz davon abhängig, geliebt zu sein. Kann nicht essen und nicht trinken von allein. Kann weder laufen noch sprechen. Kann noch gar nichts eigentlich. Ein leeres Gesicht, und wenn es sich vor Schmerz verzieht, kennt es nur das. Selbst Katzenjunge sind da weiter. Alles beginnt, und sie ist dafür verantwortlich, dass es weitergeht. Was sie ihm beibringen will, muss sie von sich aus tun.

Nachts fasst sie es an, als suche sie etwas zum Lieben. Ihr Kind ist warm und riecht säuerlich aus dem Mund. Sie greift nach ihm, um zu sehen, ob es noch atmet, dabei zuckt es jedes Mal zusammen und bewegt die Arme wie ein Hund die Beine, wenn er im Schlaf zum Jäger wird.
Mittlerweile kennt sie seine verschiedenen Arten zu schreien, und ganz selten geschieht es aus Schmerz. Sie liebt es verzweifelt und hält es den ganzen Tag im Arm. Etwas, was nur zu ihr gehört.
Es versucht, Töne zu formen, und zieht dabei die Stirn kraus und greift mit seinen kleinen Händen nach ihren Haaren. Sie liebt es da schon ganz und gar. Ihre Grenzen verlaufen nun auch ums Kind und schließen es ein. Die Welt ist eng und hört am Hofzaun auf. Erst dahinter wird sie weit, aber das sieht man vom Haus aus nicht.

So geht das die ersten Wochen. Dann spürt sie den Schlafmangel und die Kälte, wenn sie nachts aufsteht und mit bloßen Füßen auf den Fliesen steht, um die Flasche warm zu machen.
Wenn es sich verschluckt, dringt ihm die Milch aus Mund und Nase, sie ist mit Schleim vermengt und flockt. Es weint. Sie versucht zu erraten, was es braucht, und ist verstört und verzweifelt, wenn es weiterschreit. Warum nur?, denkt sie so fühlbar wie möglich und beugt sich dabei über ihr Kind, als einziger Mensch auf der Welt kennt es mich von innen. Wenn es aus ihr herausgekommen ist, müsste es doch um ihre Gedanken wissen, aber wenn es schreit, wird es ihr fremd. Sein Gesicht ist dann nicht mehr schön, so verzerrt und rot wie ein Äffchen. Immer häufiger fällt ihr dann etwas Dringendes ein, das sie von ihm fortführt. Zur Toilette

gehen etwa. Sie hat immer zwei oder drei dieser Nöte parat, wenn das Kind von ihr Besitz ergreifen will.
Aber ihr Kind schreit weiter und sie wird darunter ganz durchsichtig. Lieben ist auch etwas Gewalttätiges, es überkommt einen ungefragt und kann ebenso schmerzen wie Angst oder Hass.
Die Welt wird klein. Vorher war sie in ihr gewesen und hatte sie fühlen lassen, dass sie wachse. Nun hat sie sich in das Kind zurückgezogen. Nie wieder ist sie nun allein, und jeder Tag wird zu einer zähen Folge von Abläufen. In ihr erwacht ein großes Erschrecken. Noch gähnt es nur.
Die Tage sind besser als die Nächte, dann legt sie es in eine Wiege am Ofen. Der Ofen zieht nicht richtig, er drückt den Rauch zurück ins Zimmer, sodass sie besser mit ihrem Kind an die Luft geht. Einmal muss sie in die Stadt und bittet Mutter, aufzupassen. Als sie zurückkommt, ist das Kind im Gesicht ganz rot, und an der Zimmerdecke ballt sich Rauch. Was willst du denn, das macht ihm schon nichts, sagt Mutter, als sie das Kind an sich reißt und mit ihm aus dem Haus läuft. Beim zweiten Mal stellt sie es im Kinderwagen raus, aber als sie wiederkommt, ist die Katze schon da, sitzt mitten auf der Decke und drückt die Luft ab. Ich kann nicht immer nur nach deinem Kind schauen, es gibt genug zu tun, sagt Mutter, die gerade vom Hof mit der Wäsche kommt, es schreit ja kaum.
Nach drei Monaten meldet sie das Kind in der Krippe an und geht wieder zur Schule. In der Klasse ist sie wie fremd. Die Gespräche der anderen sind leeres Gerede, auch spürt sie, dass sie vor ihr zurückscheuen. Es ist ihr recht in diesen einzigen Stunden mit sich allein. Sie ist erschöpft. Manchmal ertappt sie sich dabei, dass sie den Füller anstarrt wie

etwas Fremdes. Vor Müdigkeit wird ihr der Körper schwer, sodass sie häufiger gegen den Rahmen läuft als durch die Tür. Nach dem Pausenklingeln möchte sie einfach nur sitzen bleiben und ihren Platz nie mehr verlassen, wie einer dieser Findlinge, die sie während der Heimfahrt auf den Feldern liegen sieht. Erst wurden sie von einer gewaltigen Kraft bewegt und nun ruhen sie aus für immer. Jeder Stein hat seinen Platz.
Sie fährt nun täglich mit dem Bus hin und zurück, die Nächte, sagt Mutter, kümmerst du dich weiterhin, du kannst ein Kind kriegen, du willst zur Schule gehen, dann versorgst du es auch. Ich schaff das, sagt sie am Wochenende auf den Spaziergängen zu sich selbst, es wird schon gehen, es muss. Und blickt dabei auf ihr Kind, das nur durch das Ruckeln des Wagens eingeschlafen ist.

Einmal kommt Jens vorbei. Er stellt das Moped vor dem Haus ihrer Eltern ab und hält eine Schachtel Pralinen in der Hand, die ist für sie. Sie bedankt sich und bittet ihn herein, weil man das so macht. Ihre Eltern sagen Guten Tag, aber sich zu setzen erlauben sie ihm nicht, also bleibt er neben ihr stehen.
Sie sieht ihn sich von der Seite an. Er kommt ihr jünger vor als noch im Sommer oder sie fühlt sich älter als er. Vielleicht liegt es daran, dass er die Hände bewegt, als suche er Halt. Seine Augen irren durch die Stube wie zwei Vögel, die irrtümlich in einen Raum geflogen sind und nicht mehr hinausfinden. Sie kann ihm nicht helfen, sie will es auch nicht, also sieht sie aufs Kind. Es liegt wach in der Wiege und strampelt ein wenig. Sie nimmt es hoch, gibt es ihm aber nicht, es ist noch zu zart, er könnte es leicht quetschen.

Dir haben wir das also alles zu verdanken, durchfährt Vaters Stimme die Stille. Und wie stellst du dir das weiter vor?
Jens fährt zusammen, als würde er festgenagelt, und sucht nach Worten. Was meinen Sie?, fragt er schließlich tonlos.
Wirst du für sie sorgen?

Marianne sieht ihn von der Seite an. Er ist rot, und seine Halsschlagader zuckt. Wie einer der Fische, die unter Vaters Händen noch zappeln und ihre Kiemen blähen, während er sie schuppt. Sie muss an die Augen der Fische denken, die ihren Ausdruck auch dann nicht ändern, wenn er sie ausnimmt.
Wir gehen spazieren, sagt sie dann.

Die Luft ist kalt, und die Blätter sind mit Raureif bedeckt, aber sie trägt keine Handschuhe, so kann er sehen, wie sie ihre Finger bei seiner Frage enger um den Griff des Kinderwagens presst, bis die Knöchel weiß hervortreten.
Wie sie sich das denn nun vorstelle.
Sie bleibt stumm.
Er habe doch gar nichts gewusst, weil sie ihm nichts gesagt habe, und überhaupt, geht man so miteinander um?
Der Wind stößt ein paar Blätter in die Luft. Braunes Laub bleibt an den Rädern des Kinderwagens hängen. Es sei ja auch sein Leben, um das es hier geht, fährt er fort und gestikuliert dabei. Die Blätter an den Rädern zerfasern zu Skeletten. Die nächsten drei Jahre ginge er zur Armee. Die Skelette zerfallen. Er habe eine Wohnung in Berlin, die er dann nicht brauche. Mehr könne er ihr nicht bieten.
Ist gut, sagt sie dann.

Dabei lässt sie es bewenden, und weil sie von sich aus nichts mehr erzählt, fragt er lieber nicht, wie ihre Eltern das finden. Dann stehen sie wieder vor der Haustür. Er schaut noch einmal in den Wagen und verabschiedet sich von ihr, er will nicht noch mal mit hinein und sie bittet ihn auch nicht darum.
Sie hört dem Motorradlärm hinterher, bis er verklungen ist. Ich schaff das auch allein, denkt sie, es wird schon gehen mit dem Kind, es muss.
Im zweiten Programm des Westfernsehens läuft abends ein Film über den Ausbruch des Krakatoa. Den schaut sie sich bis zum Ende an. In der Nacht träumt sie, wie der Berg rot und gelb auseinanderbricht, während Asche auf die Insel regnet und sich plötzlich eine Riesenwelle aus dem Meer erhebt, die die ganze Insel überrollt. Nur ein Schiff weit draußen gleitet mit knapper Not über den Wellenkamm. Sie muss davon wie aus einem Albtraum erwacht sein, denn als sie hochfährt, schreit das Kind.
Die nächsten Wochen schreibt sie Prüfungen. In Mathe rechnet sie Vektoren, in Deutsch interpretiert sie ein Gedicht von Goethe, ich saug an meiner Nabelschnur. Sie hat auf einmal ein Gefühl dafür, was es bedeuten soll, aber sie kann es nicht genau benennen, vielleicht hat man am Ende immer nur sich selbst, um wieder auf die Beine zu kommen. In Geografie fragt man sie nach den Wolkenformationen und der Wirtschaft Angolas. In Geschichte nach der Rolle des Bürgertums während der Französischen Revolution.
Sie beantwortet alles, ohne sich zuzuhören, die Antworten sind ja bekannt. Was keiner wissen kann, ist, wie es weitergeht. Immer einen Schritt nach dem anderen, sagen die Lehrer anerkennend und machen sich Notizen. Am Ende ist sie Jahrgangsdritte. Das reicht für einen Studienplatz.

Der Rauch hatte sich verflüchtigt. Das Feuer brannte nun mit regelmäßiger Flamme und sandte eine trockene Hitze aus. Die Scheite verwandelten sich langsam in weiße Gerippe, aus denen es rot aufglühte. Bald würde es alles verzehrt haben und an sich selbst eingehen.
Sie sah sich um. Unter ihr lag der See. Nichts hatte sich verändert. Sie könnte eine Reliefkarte davon zeichnen. Hier lag sowieso alles so da, wie es die Eiszeit zurückgelassen hatte. Selbst ihre Mutter sah aus wie etwas Übriggebliebenes.
Auf dem See trieb ein Boot. Wahrscheinlich fuhr es sogar, von hier oben war das kaum zu erkennen. Vielleicht war es Hans. Sie holte ihre Kamera aus der Jackentasche und begann zu fotografieren. Wahllos das Boot, den See, die Wiese davor und das Unterholz mit dem Schilfrand. Ein paar Vögel mussten mit aufs Bild, am liebsten Schwäne, aber Blesshühner taten es auch. Das Wasser lag bleiern da, es unterschied sich im Farbton kaum noch vom Himmel.
Sie hielt inne. Nicht einmal das Licht stimmte und der See war nur ein Bottich voll abgestandenem Wasser. Eine Mulde mit Toteis, das von einem Gletscher übrig geblieben war und erst, als die Temperaturen wieder stiegen, zu schmelzen begann. Eine Landschaft, die gleichgültig alles über sich ergehen ließ. Ein ganzes Land, das vor die Hunde ging.
Sie wollte schon die Klappe öffnen, um den Film zu belichten, zögerte aber und steckte die Kamera wieder ein. Es musste am See liegen. Sie ging zum Haus zurück und fotografierte den Schuppen, den Hauklotz, die Schneide der Axt,

ein Holzscheit, die Holzmieten, den Hühnerstall, die Geräte darin und wie sie hingen, die Wäschespinne, die Hausecke, die Schaukel, die Rinde der Birken, den Schlüssel im Vogelhaus, die Lamellen der Eingangstür.
Auf einmal war die Katze wieder da und strich ihr plärrend um die Beine. Sie ging noch einmal in den Holzschuppen, um nach dem Jungen zu schauen. Es war fort. Die Alte drängte sich an ihr vorbei, ließ sich ins leere Nest fallen und stand sofort wieder auf. Ihr Miauen war nervenzerrüttend. Sie versuchte das Tier zu streicheln, aber es wand sich unter den Händen, sprang auf und wich aus, nur um sich gleich wieder fallen zu lassen. Seine Zitzen waren geschwollen, es leckte sich die ganze Zeit den Bauch. Selbst als sie aus dem Schuppen trat, folgte es ihr und drückte sich eng an die Beine, als wolle es sie am Fortgehen hindern.
Sie hielt das Geplärre nicht mehr aus, ging ins Haus und warf die Tür vor der Katze zu. Dann stieg sie auf den Dachboden. Auf einmal wirkte die Treppe gebrechlich. Nur das Zimmer oben blieb sich gleich, in dieser stillen Kammer war das Bett mit der Wäsche von früher bezogen, es stand an der Wand auf der rechten Seite und die Bezüge waren weiß. Sie stieg hinein, legte sich die Hände auf die Brust und starrte an die Decke. Das Brustbein war ein Panzer, an dem die Rippen hingen wie Gräten, und wenn man sich wie einen Reißverschluss aufzöge, wäre darunter nur ein neuer Panzer, das ganze Leben ein Fischgrätenmuster, hängt dir in der Kehle zum Würgen, was von innen kommt, tritt nur nicht aus. Das Selbst ist eine leere Stelle, die man betrachten kann, jedoch nicht fühlt.
Sie schluckte. Etwas saß ihr in der Kehle. Im Zimmer war es totenstill. Sie ließ sich aufs Bett zurückfallen und legte sich

den Bären auf die Brust. Der erste Laut war ein dumpfes Stöhnen, als hätte ihr jemand in den Bauch geschlagen. So rief die Rohrdommel. Darauf folgten weitere, nun schon mit Stimme. So krächzten Krähen. Sie drehte sich auf die Seite, umklammerte den Bären mit beiden Armen und krümmte sich zusammen. Etwas bahnte sich von innen seinen Weg, stieg nach oben und ließ Stirn- und Nasenhöhle zuschwellen. Sie öffnete den Mund und schnappte nach Luft wie ein Fisch auf dem Trockenen. Das Weinen kam stoßweise aus ihr und fühlte sich heiß an. Sie hörte sich dabei zu. Seit Jahren hatte sie nicht mehr geweint, es war ein Kampf, bis es floss.

Etwas drückte sich gegen ihren Oberschenkel. Es war das Nähzeug. Sie zog es aus der Hosentasche, setzte sich auf, riss vom weißen Garn einen Faden ab, fädelte ihn durch das Nadelöhr und verknotete ihn am Ende. Dann nahm sie den Bären, drückte das Futter sachte wieder in den Rücken und nähte ihn zu. Die Naht war unregelmäßig und sah aus wie eine Operationsnarbe, aber sie hielt.

Die Wohnung ist im Hinterhaus. Den Schlüssel holt sie bei den Nachbarn ab. Na, junges Fräulein, haste dem Jens ein Ei ins Nest gelegt, lallt der Nachbar sie an, bevor er ihr den Schlüssel gibt. Mit ihm dringt ein säuerlicher Dunst aus seiner Wohnung, den kennt sie von zu Hause. Mit dem Kind auf dem Arm geht sie eine Treppe höher und schließt auf.

Die Wohnung hat zwei Zimmer und eine Küche. Die Toilette liegt auf halber Treppe. In den Wandecken wölbt sich die Tapete. Sie sieht aus dem Fenster auf den Asphalt. Neben den Mülltonnen stehen Flaschen. Eine Katze sitzt auf einer der Tonnen und frisst. Das Holz der Fenster ist rissig. An einer Stelle bildet sich ein Spalt. Es zieht.

Das Kind patscht mit den Händen an die Scheibe, wo die Katze sitzt. Sie setzt es ab, es wehrt sich kurz, dann krabbelt es ins zweite Zimmer. Dort liegt eine Matratze am Boden, zu der krabbelt es und versucht hinaufzuklettern. Sie ist groß genug für uns beide, es wird gehen, denkt sie, es muss. Morgens bringt sie es in die Krippe und nachts sind alle Katzen grau. Sie setzt sich zu ihrem Kind auf die Matratze und drückt es an sich, bis es unwillig wird und sich losmacht von ihr.

Wenn sie es morgens in die Karre setzt und zur Krippe fährt, schläft es wieder ein.

Warum ziehen Sie nicht ins Wohnheim?, fragt die Erzieherin, von da ist es nicht so weit. Und die Verhältnisse sind bes-

ser. Die Erzieherin schaut auf den Finger ihrer rechten Hand, an dem der Ring fehlt.
Sie denkt an ihre Seminargruppe. Die meisten sind verheiratet, einige haben bereits eins, einige bekommen gerade ein Kind. Dann denkt sie an die zwei Zimmer und das eine Bett und an die Karten, die sie manchmal im Briefkasten findet.
Ich wohne dort nicht immer nur allein.

An der Krippe lässt sie die Karre stehen und nimmt die U-Bahn bis zur Uni. Der Weg dorthin ist weit, das Gebäude, in dem sie ihre Vorlesungen hat, liegt nah an der Mauer. In der U-Bahn werden die Leute von Station zu Station weniger. Dafür sehen die, die mit ihr sitzen bleiben, sie heimlich von der Seite an.
Sie lernt Steine zu unterscheiden, Granit von Magma, Gneis von Sedimentgestein. Die Steine sind während der Eiszeit mit dem Gletscher gekommen und blieben, nachdem er sich wieder zurückgezogen hatte, einfach liegen. Viele Steine sind vulkanischen Ursprungs, manche sind so aus der Erde gekommen, andere wurden erst geschmolzen und dann herausgeschleudert. Als hätte sich die Erde erbrochen. Man sieht es ihrer Körnung an.
Einmal unternimmt sie mit der Seminargruppe eine Exkursion zu einem Tagebau. Auf dem Weg zum Aussichtspunkt haben sie Mull gestreut, die Gräser stehen in Reihen wie der Strandhafer in den Dünen und der Sand ist von kränklicherem Gelb als daheim. Überall bohren Maschinen sich wie Insekten ins Land und ziehen es vom Meeresspiegel ab. Die Erde wird von unten nach oben gekehrt und muss doch wieder zurück. Sie faltet sich wie eine Ziehhar-

monika und gibt eine schmale Spurrinne frei, aus der die Kohle kommt.
Sie steht noch eine ganze Weile auf der Anhöhe und schaut auf die Landschaft. Die ist platt, jedoch ohne hohen Himmel, und auch die Kiefernwälder stehen in Reih und Glied. Nur manchmal zittert der Boden. Mit Erschütterungen kennt sie sich aus. Das Land kommt ihr mehr und mehr wie ein Bergwerk vor, aus dem man nie ausbrechen, an dem man aber ganz gut eingehen kann. Sie würde gern einfach loslaufen, immer weiter, ohne Ziel, bis es nichts mehr gibt, was einen an irgendwas erinnert. Aber wie macht man das, wie geht man von sich fort?

Es ist die Zeit, in der ihr Kind gedeiht. Wenn sie es abholt, lacht es und versucht erste Schritte. Nachts schmiegt es sich an. Eigentlich ist es zum Alleinschlafen nicht mehr zu klein, aber sie hat es gern, dass jemand neben ihr liegt. Morgens fasst es ihr mit der Hand ins Gesicht, es wacht immer zuerst auf und gluckst dabei. Auf dem Rücken trägt es ein helles Fell, das schimmert im Licht. Wenn sie darüberstreicht, kann sie die Härchen spüren.
Zum Baden setzt sie es in die Spüle. Das ist besser für sie, dann muss sie sich nicht bücken.
Hin und wieder liegt eine Karte im Briefkasten, die ist von Jens. *Wie geht es dir?*, steht da drauf, *mir geht es gut*, und auf einer: *Ich komme bald vorbei*.
Sie läuft mit der Karte in der Hand die Treppe hoch. Dann putzt sie die Wohnung. Wäscht die Gardinen. Bezieht das Bett neu. Besorgt sich ein Gitterbett fürs Kind, vielleicht, denkt sie, wird es ja was in Berlin. Kein Telefon, das Bad auf halber Treppe, aber zwei Zimmer und eine gemeinsame Matratze.

Sie hat Kuchen gebacken, als er kommt. Das Kind ist noch in der Krippe. Er trägt seine Armeesachen. Die Haare sind kurz geschoren.

Hallo, sagt er zu ihr.
Hallo.
Gefällt es dir hier?
Es geht mir gut.
Wie geht's dem Kind?
Unserm Kind.
Wir können heiraten, wenn du willst.
Was heißt können?
Meine Mutter ist auch dafür.
Und willst du auch?
Vernünftig wäre es schon.

Sie sieht ihn so lange an, bis er die Augen abwendet und mit dem Löffel im Kaffee rührt. Als er wieder aufschaut, weil die Stille so lang wird, verliert ihr Blick sich hinter ihm im Nichts. Die Hände hat sie vom Tisch genommen und in den Schoß gelegt.
Sie schaut auf ihren Schatten an der Wand. Er ist immer ein Stück vor oder hinter ihr. Körper leben voneinander getrennt, wo der eine aufhört, fängt der andere an.

Du musst nicht, wenn du nicht willst, sagt sie dann. Du musst das nicht für mich tun.

Obwohl er darum bemüht ist, sich nichts anmerken zu lassen, kann sie seine Erleichterung spüren. Es liegt an der Stimme, sie hat auf einmal einen zuversichtlichen Klang.

Du kannst hier wohnen bleiben.

Nur noch für die Prüfungen. Danach ziehe ich ins Wohnheim. Es liegt näher zur Krippe.

Als er die Treppe runtersteigt, dreht er sich noch einmal um, aber da hat sie die Tür schon zugemacht, damit er nicht sieht, was dahinter geschieht. Sie sitzt dort und schlägt den Kopf ans Holz. Die Augen werden ihr irr, die Augäpfel rollen hin und her, dann zucken die Lider und flattern wie Hühnerfedern beim Rupfen. Man muss warten, bis das Zittern auf den ganzen Körper übergeht, danach wird das Huhn noch abgesengt, bis ein verkohlter Geruch durch die Küche zieht. Dann öffnet man das Huhn und greift beherzt hinein und zieht erst das Darmgeschlinge raus, dann den Magen. Den schneidet man auf, er ist noch voll mit Halbverdautem. Leber und Herz werden vorsichtig beiseitegelegt, genauso wie die Eier, die schon im Gange waren, vorerst noch Dotter, aber schon halb fertig im Kanal, kleine gelbe Kugeln, noch schalenlos. Danach ist es vorbei.

Sie steht wieder auf und fährt zur Krippe und holt ihr Kind. Als es sie sieht, wirft es sich in ihre Arme. Es ist sehr aufgekratzt heute, meint die Erzieherin. Vielleicht wird es krank. Fahren Sie mit ihm nach Hause und spannen Sie mal aus, Sie kommen doch aus der guten Luft.

Sie nimmt es auf den Arm und trägt es bis zur U-Bahn. Vielleicht liegt es ja an der Luft in Berlin. Nächste Woche stehen die Prüfungen an. Danach wird man sehen.

Während der Zugfahrt windet sich das Kind auf ihrem Schoß und quengelt. Es findet nicht in den Schlaf. Vielleicht die Zähne. Sie nimmt es hoch und stellt sich mit ihm ans Fenster. Auf einem Feld äsen Rehe. Sie zeigt sie dem Kind, aber es sieht nicht hin, sondern macht sich steif. Also gehen sie wieder zurück ins Abteil. Die restliche Zugfahrt pendelt sie zwischen Gang und Abteil. Sie entschuldigt sich nicht einmal mehr bei den anderen Fahrgästen, wenn sie die Tür zum Gang aufschiebt.

Am Bahnhof wartet Hans mit dem Motorrad. Über der Oberlippe trägt er einen leichten Flaum. Er reicht ihr einen Helm und steigt auf. Das Kind setzt sie rittlings zwischen sich.

Es ist schon frühlingshaft, aber noch kühl, und der Wind weht ihnen heftig ins Gesicht. Mit den Armen hat sie das Kind umschlungen und hält sich an Hans' Hüfte fest. Das Kind lallt leise vor sich hin. Es wird sich die Gegend anschauen.

Als sie in den Hinterhof einfahren und Hans den Motor abstellt und das Motorrad hochbockt, kippt das Kind leicht zur Seite. Sie hält es fest und hebt es runter. Seine Wangen sind rot, wahrscheinlich vom Wind. Sie will es auf den Boden stellen und an die Hand nehmen, aber es streckt nur die Arme nach ihr aus, da trägt sie es ins Haus.

Beim Ausziehen merkt sie, es ist warm. Die Wangen sind nun rot gefleckt. Sie zieht ihm die Strumpfhose aus, die ist nass wie die Spreizhose darunter. Die Windel ist ein feuchter Lappen. Das Kind wimmert und reckt ihr die Arme entgegen. Sie rubbelt es mit einem Tuch trocken und merkt, es ist überall heiß. Sie setzt es, so wie es ist, in sein Ställchen und läuft zu Mutter. Die legt ihm die Hand in den Nacken und holt dann ein Thermometer, das steckt sie in den Po. Die Quecksilbersäule übersteigt die Sechsunddreißig, die Siebenunddreißig und die Achtunddreißig und wird erst nach der Neununddreißig langsamer. Am Ende fehlt nur ein winziger Spalt bis zur Vierzig. Mach ein paar Windeln feucht,

sagt Mutter, wir machen ihr Wadenwickel. Du musst sie alle halbe Stunde erneuern.
Ihr Kind liegt apathisch unter der Decke. Es riecht aus dem Mund nach abgestandenem Wasser, es lässt seine Beine anheben, es strampelt dabei nicht. Sie legt ihm einen Teddy dazu, dass es was zum Festhalten hat.
Aber das Fieber sinkt nicht, das Quecksilber lässt sich nicht bestechen, am Abend übersteigt es noch die vierzig Grad. Das Kind isst und trinkt nichts mehr, liegt wie eine Puppe neben dem Teddy im Bett und bewegt sich kaum. Jetzt braucht es einen Arzt, entscheidet Mutter und geht zu den Nachbarn, um den Notdienst zu rufen.
Der Arzt schaut das Kind kurz an, es muss in die Klinik, nehmen Sie ein Taxi.
Was das kostet, sagt Mutter.
Das Kind liegt ihr im Auto in den Armen wie ein nasser Sack. Ihr wird schlecht, sie ist Autofahren nicht gewohnt, aber sie muss sich zusammenreißen, sie muss aufpassen, dass ihr das Kind nicht verrutscht. Sein Kopf liegt an ihrer Schulter, sein Mund ist offen, es atmet schwer, beim Atmen hört sie ein Rasseln. An den Lippen kleben Fäden vom Teddyfell, die Lippen sind rissig. Sie will ihm die Fäden von den Lippen ziehen, aber die hängen fest. Ihr Kind verzieht den Mund, wird unruhig und krümmt sich weinend zusammen.
Was ist mit ihm, ist ihm schlecht?, fragt Mutter, gib her, ich nehm es.
Den Rest der Fahrt lehnt sie den Kopf ans Fenster, so wie ihr Kind den Kopf an ihrer Schulter hatte. Sie wäre gern an seiner Stelle, aber da ist nur der Teddy, in dessen Fell sie sich verkrallt.

In der Klinik sagen sie ihr, sie solle zurückbleiben, und nehmen ihr das Kind aus dem Arm. Sie gehen mit ihm in ein anderes Zimmer und schließen die Tür hinter sich.
Nach einer Weile kommt die Schwester raus, Sie dürfen zu Ihrem Kind. Sie will die Tür zu dem Zimmer öffnen, aber an der klebt ein Zettel, *Isolationsraum.* Nur schauen, nicht hinein, sagt die Schwester und zieht die Jalousie zur Hälfte hoch. Sie sieht durch das Fensterglas, das Zimmer hat drei Gitterbetten, im hintersten liegt ihr Kind, sie kann es nur schemenhaft erkennen, aber sie ist sich sicher.

Was ist mit ihr?
Wir haben ihr einen Zugang gelegt, damit sie künstlich ernährt wird. Außerdem haben wir ihr vier Antibiotikaspritzen gegeben.

Die Schwester zieht sich einen grünen Kittel über, setzt den Mundschutz auf und geht hinein.

Sie nicht. Sie bleiben hier.

Mein Kind, denkt sie und sieht dabei zu, wie die Schwester den alten Tropf abnimmt und den neuen einhängt. Es liegt auf dem Bauch und hat die Arme ausgestreckt. Im Handrücken endet ein Schlauch, in der Nase auch. Die Schläuche sind mit den Geräten verbunden, eins leuchtet erst rot, dann grün. Sie legt die Hand an die Stelle der Scheibe, wo von ihr aus der Kopf ihres Kindes liegt. Als die Schwester das Gitter runterschiebt, um dem Kind die Windeln zu wechseln, öffnet es die Augen. Sie winkt ihm durch das Fenster zu, es sieht sie an, doch es erkennt sie nicht.

Wir ernähren sie künstlich, sagt die Schwester, als sie durch die Tür kommt und sich den Kittel auszieht, sie verhungert schon nicht.

Hat sie noch Fieber?
Wir geben ihr ein Medikament dagegen.
Was hat sie denn?
Wir wissen es noch nicht, und solange wir es nicht wissen, dürfen Sie nicht zu ihr.

Dann geht sie und wechselt ein paar Worte abseits mit Mutter.

Sie lehnt ihren Kopf an das Glas. Er fühlt sich heiß an, nur die Scheibe ist kühl. Drinnen öffnet ihr Kind den Mund, wie um zu husten. Dann dreht es den Kopf zur anderen Seite, sodass sie sein Gesicht nicht mehr sehen kann.
Sie geht von der Tür weg und hockt sich vor die Wand. Auf ihrem Schoß sitzt der Teddy.

Hat man sowas schon gesehen?, sagt die Schwester zu Mutter. Die wird wohl gleich mit krank?
Die Schwester und Mutter sind ein Alter, vor ihnen wird sie wieder zum Kind. Es kümmert sie nicht, sie hockt weiter da wie gelähmt und auch das Denken steht jetzt still.
Ein Mann im offenen Kittel geht an ihr vorbei. Was ist mit Ihnen?, fragt er und schaut sie an.
Mein Kind, stößt sie leise aus, ich habe Prüfungen.
Der Mann tritt ans Fenster und schaut durch die Jalousie. Schreiben Sie Ihre Prüfungen, ich verspreche Ihnen, ich mache Ihr Kind gesund. Essen Sie mal wieder was. Und schla-

fen Sie sich aus, das wird Ihnen guttun, das brauchen Sie jetzt.
Können Sie ihm den geben?, fragt sie und hält dem Mann den Teddy hin.
Das macht die Schwester bei der nächsten Infusion, sagt er, nimmt ihr den Teddy aus der Hand und schaut sie freundlich an.

Musste das sein?, schimpft Mutter auf dem Rückweg im Bus. Den Arzt so aufzuhalten. Es ist doch für alles gesorgt.
Sie sieht aus dem Fenster und schweigt. Draußen regnet es, das Licht ist grau. Die Bäume strecken ihre nackten Äste in die Luft, nur an den Enden sind dicke Knospen, mit denen sich der Frühling zu erkennen gibt.

> Ich will sie jeden Tag besuchen, sagt sie dann.
> Du mach mal deine Prüfungen. Um dein Kind kümmere ich mich in der Zeit.

Der Regen lässt schmutzige Streifen über das Busfenster laufen. Sie verfolgt die Streifen, bis sie in der Landschaft verschwimmen. Zwei Wochen Prüfungen. Dann beginnen die Semesterferien. Es wird schon gehen, es muss. Hauptsache, ihr Kind wird wieder gesund.

Sie fährt zurück nach Berlin. Die Wohnung ist still, so allein, nur nachts klirren die Flaschen im Hof und lärmen die Stimmen Betrunkener. Einmal hämmert jemand gegen die Tür. Sie verhält sich still und wartet, bis die Schritte sich wieder entfernen. Das Eis schiebt die Steine langsam über die Erde und lässt sie schließlich liegen. Es schmirgelt die Land-

schaft ab mit seiner Reibeisenzunge. Vor sich schiebt es allerlei Erde her, bis es zur Ruhe kommt, bis es sich erwärmt und taut. Nur in den Mulden, die es sich selbst gegraben hat, bleibt es wie tot.
Sofort nach der letzten Prüfung steigt sie in den Zug. Die Landschaft, die sie eben noch beschrieben hat, zieht nun an ihr vorbei. Die Felder wölben sich dem Horizont entgegen. Sie sind von Ackerlinien durchzogen. An einigen Stellen stehen Bäume wie Inseln in den Senken. Dort führen die Linien an ihnen vorbei. Wie an den Fingerkuppen, denkt sie, es ist alles schon bekannt, man muss nur bei sich selbst nachschauen und findet was dafür.

Am Bahnhof wartet diesmal niemand auf sie. Sie macht sich zu Fuß auf den Weg. Das gibt ihr Zeit. Die Luft ist mild, und an den Bäumen springen die Knospen auf. Noch ist alles offen. Sie stellt es sich so schön wie möglich vor. Vielleicht liegt es ja wirklich an der Luft in Berlin. Im Sommer kann sie hier baden gehen mit dem Kind und ihm Schwimmen beibringen, im Winter Schlitten fahren. Es kann laufen, wohin es will. Es kann Tiere streicheln und frische Hühnereier essen. Und nachts kommt kein Lärm vom Hinterhof. Nur Regen und Wind klopfen ans Fenster. Es kann lernen, Beete anzulegen, und später die Möhren aus der Erde holen. Es kann Schmetterlingen hinterherlaufen und wird dabei groß. Es könnte auf Bäume klettern und Ameisennester ausheben, mit einem Stock so lange darin stochern, bis auch die Königinnen mit ihren weißen Flügeln rauskämen. Sie würde es kopfüber an die Teppichstange hängen, bis es juchzt und rot wird im Gesicht und *Lass mich runter, Mama* ruft. Dabei wäre es schon ganz verschwitzt

und sie würde noch beim Runterheben kurz an ihm schnuppern.
Das Gartentor ist nur angelehnt. Sie öffnet es und geht hinein. An der Teppichstange hängen frisch geräucherte Aale. Sie duckt sich, dennoch trifft sie ein Aalschwanz im Genick. Sie zuckt zusammen und läuft bis zur Hausecke. Es ist niemand zu sehen. Sie geht über den Hinterhof bis vor das Haus und stellt ihre Tasche ab. Weiter hinten sieht sie Mutter mit der Harke am Beet stehen und daneben ihr Kind, wie es die Finger in die Erde steckt. Sie geht zu ihnen. Es drückt Samen in die Rillen, die Mutter mit der Harke zieht. Sie ruft seinen Namen, erst leise, dann laut, sie lockt es mit ihrer Stimme, aber es schaut nur kurz auf und steckt erneut die Finger ins Beet. Sie nimmt es hoch und will es im Arm halten, aber es macht sich steif und wehrt sich, da lässt sie es wieder runter und hockt sich daneben, sodass es aussieht, als schaue sie ihm zu, bis es nichts mehr in den Händen hat, da steht es auf und zeigt die leeren Hände. Oma, sagt es dann.
Ihr drohen die Beine wegzuknicken, also steht sie auf, bevor sie umkippt, und stellt sich zu Mutter.
Bist du endlich fertig mit deiner Uni.

Am Brett in der Küche hing der Autoschlüssel. Nur der vom Bootshaus fehlte. Sie nahm ihn und lief den Plattenweg hoch, dorthin wo Hans das Auto gestern an der Straße geparkt hatte. Sie öffnete die Tür und setzte sich auf den Sitz. Er war zu weit nach hinten geschoben, sodass sie mit den Füßen nicht an die Pedale reichte. Sie rückte ihn wieder nach vorn und trat je einmal auf Kupplung, Bremse, Gas. Danach vergewisserte sie sich, wo der Hebel für die Scheibenwischer war, der Schalter zum Blinken, der Rückwärtsgang. Der Rückwärtsgang war eingelegt und die Handbremse angezogen. Zuletzt der Spiegel, sie kippte ihn mehrfach hin und her, bis sie das Gefühl hatte, dass es stimmte. Trotzdem blieb sie unsicher. Sie schaltete das Licht an, steckte den Schlüssel ins Zündschloss und drehte ihn nach rechts. Beim ersten Aufheulen des Motors schrak sie zusammen und drehte den Schlüssel wieder zurück. Sofort verstummte der Motor. Sie hasste es, Auto zu fahren. Es hatte etwas mit der Geschwindigkeit zu tun, die ihr unkontrollierbar erschien. In ihren häufigsten Albträumen saß sie in einem Auto, bei dem plötzlich die Bremsen versagten, sodass sie wild auf das Pedal tretend immer weiterfahren musste und der Geschwindigkeit wie auch der Strecke hilflos ausgeliefert war.

Der Schweiß stach ihr in die Achseln, ihre Hände waren feucht und rutschten vom Lenkrad ab. Sie rieb sie an den Hosenbeinen trocken und startete erneut. Diesmal ließ sie den Motor laufen und fuhr dann langsam an.

Das Schalten war wie ein Zwang. Einmal angefahren, musste man sofort beschleunigen. Sie kam bis in den dritten Gang und fuhr die Straße entlang. Das musste reichen. Um diese Zeit war niemand unterwegs. Abwechselnd sah sie nach vorn und in den Spiegel. Der Wagen war zu groß, sie hatte kein Gefühl dafür, wo er endete und wie weit er auf die Gegenspur reichte. Ein Auto kam auf sie zu, drosselte das Tempo und blendete zweimal kurz auf. Sie sah, dass sie über die Mitte hinausgeraten war, und lenkte weiter nach rechts. Sofort erhöhte das andere Auto seine Geschwindigkeit und rauschte an ihr vorbei. Der Fahrer bewegte die Hand wie einen Scheibenwischer vor dem Gesicht hin und her.

Fünfzig Meter vor der Ampel schaltete sie runter, um auszurollen, aber es war eher eine Entschuldigung, langsamer zu fahren. Sie setzte den Blinker und bog nach rechts auf die Bundesstraße ein.

Wohin sie fuhr, war ihr ebenso wenig klar wie das Warum. Sie war in einer Vorwärtsbewegung gefangen, die sich nicht aufhalten ließ. Die Straße lag vor ihr, sie führte an Wäldern vorbei, in denen sie früher Pilze gesammelt hatten. Die Wälder wurden von Feldern abgelöst, die sich in endlosen Schwüngen hoben und senkten. Als ein Feldweg von der Straße abführte, bog sie ein. Sie brauchte eine Pause. Der Weg war aus Sand, es holperte. Normalerweise fuhren hier nur Mähdrescher und andere Erntemaschinen. Nach ein paar Hundert Metern hielt sie an und stellte den Motor ab, legte den Rückwärtsgang ein und zog die Handbremse. Erst dann schnallte sie sich ab.

Beim Aussteigen bekam sie einen Wadenkrampf. Es war, als hätte der Muskel sich plötzlich zu einem Knäuel zusammengezogen. Sie lehnte sich gegen das Auto, drückte sich mit den Händen ab und beugte und dehnte das Bein. Langsam ließ der Schmerz nach. Die Stelle blieb hart, aber die größte Spannung war fort.

Vor ihr lag das Feld. Der Acker war buckelig und mit gelben Stoppeln übersät, die Höcker waren groß wie Maulwurfshaufen, sie blieben fest unter ihren Füßen, als wären sie gefroren. Der Wind wehte scharf und trieb ihr Tränen in die Augen. Himmel und Erde führten ihre Linien erst am Horizont zusammen.

Sie atmete hörbar ein und aus und sog die Luft bis tief in den Bauch. Erst jetzt bemerkte sie, wie flach sie geatmet hatte.

Vor ihr lag eine Senke mit Baumgruppe. Noch bis dahin und dann wieder zurück. Die Senke entpuppte sich als ein mit Wasser gefülltes Loch, um das ein paar Bäume und Sträucher standen. So hatte während der Eiszeit das Eis gelegen und war langsam von Schmutz und Staub zugedeckt worden, bis es vollkommen isoliert war, sodass es, selbst als die Temperaturen wieder stiegen, nicht schmolz.

Was suchte sie hier? Hier war nichts. Was von Weitem ein Bild ergab, zerfiel beim Näherkommen in eine bloße Ansammlung von Bäumen und Sträuchern. Es musste etwas gewesen sein, was ihr nur aus der Ferne vertraut vorkam, wie etwas, das man lange nicht gesehen hatte.

Sie sackte in sich zusammen. Ihr wurde schwindlig, erst flimmerte es in ihrem Blickfeld, dann bildeten sich schwarze Flecken. Sie blieb stehen und wartete darauf, dass der Anfall verging.

Ein paar Gänse flogen schnatternd über sie hinweg und landeten weitab auf dem Feld. In ein paar Monaten schon würden sie wieder gen Süden aufbrechen. Das war etwas,

was sie bis heute nicht verstand. Warum die Vögel die Strapazen auf sich nahmen, erst fortzufliegen, nur um wiederzukehren. Sich streng einem Rhythmus unterwarfen, bei dem jedes Jahr etliche von ihnen auf der Strecke blieben. Es hatte etwas mit den Magnetlinien des Erdfeldes zu tun oder mit den Flussläufen, dass sie überhaupt den Weg zurück fanden. Sie flogen in Schwärmen von Kontinent zu Kontinent, aber nie veränderte sich, wo ihre Heimat war. Dort paarten sie sich, brüteten, zogen ihre Jungen auf und flogen im Herbst mit ihnen davon.
Die Brust wurde ihr eng. Was suchte sie bei diesem Wetter allein auf einem unbestellten Feld. Es war nur die Sehnsucht nach etwas, für das es keinen anderen Ort gab als diesen hier. Sie hatte nie etwas mit dem Wort *Heimweh* anfangen können. Jetzt dachte sie, es ist dieses Nicht-gesund-Werden davor. Man hing am Haken, und ohne es zu wissen, zog die Angel einen zurück. Man weiß, dass man enttäuscht werden wird, aber man muss trotzdem immer weitergehen bis zu dem Punkt, wo Erwartung und Wirklichkeit zusammenfallen wie Himmel und Erde am Horizont. Doch je mehr man sich darauf zubewegt, desto weiter entfernt sich der Horizont, sodass man das, was man sucht, nie erreicht, und Erlösung ist nicht in Sicht. Es bleibt in einem und puckert vor sich hin wie ein Splitter, den man sich eingetreten hat.
Sie vermisste Marie. Marie sollte jetzt neben ihr stehen und mit ihr auf die Gänse sehen, damit sie aussprechen konnte, was sie nur dachte. Vielleicht stellte sich Heimat erst ein, wenn man sie jemandem zeigte. Sie hätte mit der Landschaft begonnen, siehst du, bis hierher hat das Eis sich geschoben und dabei die Senken in die Erde geschmirgelt, und als es

schmolz, blieben lauter Steine zurück, in den Senken sammelte sich das Wasser und floss in großen Linien ab und bildete Seen. Sie könnten im Sommer wiederkommen, dann würden sie schwimmen gehen und gemeinsam abtauchen, und Marie würde sich vielleicht vor den Schlingpflanzen ekeln.

Danach würden sie sich auf den Bootssteg setzen und von oben die Rücken der Fische beobachten, die reglos im grünen Wasser standen. Marie könnte den Kopf an ihre Schulter lehnen und sich mit geschlossenen Augen sonnen. Abends fiele sie in einen tiefen, traumlosen Schlaf, ohne dass sich ihr etwas aufdrängte. Am nächsten Morgen wachte sie später auf als sonst, weil die Nächte hier so still waren, dass der Schlaf beinahe einer Ohnmacht glich. Was machen wir heute?, würde Marie gleich nach dem Aufstehen fragen, und sie würde spüren, wie ein Hohlraum in ihr sich langsam füllte.

Vielleicht hätte sie sie doch mitnehmen sollen. Bis jetzt war sie sich sicher gewesen, dass es so am besten war. Plötzlich fehlte sie ihr. Sie stellte sich vor, was ihre Tochter gerade tat. Vielleicht aß sie Eiscreme und sah sich dabei eine Serie im Fernsehen an. Sie wollte nicht, dass Marie so viel fernsah, aber sie würde sie nicht danach fragen. Es war nicht ihre Art und Maries auch nicht. Bald würde es sowieso so weit sein, dass sie ihrer Wege ging. Vermutlich hätte sie sich nur neben sie aufs Feld gestellt und gefragt, was los sei, hier ist doch nichts, und dann angefangen zu jammern, *Mir ist kalt* und *Ich will hier weg*, und das hätte sie schnell wieder von dieser dummen Sehnsucht abgelenkt, die sie bei schlechtem Wetter auf die unbestellten Felder trieb.

Marie fuhr ungern weg. Vielleicht lag es am Alter. Oder an

den vielen Umzügen der letzten Jahre. Vom Hinterhaus ins Wohnheim, vom Wohnheim in einen Block an den Stadtrand, von dort in den nächsten, von Block zu Block wieder dichter an die Stadt heran, je älter Marie wurde. Immer zwei Zimmer, Küche, Bad und Fernwärme. Der Weg bis zur Haustür war meist aus Sand, wenn es regnete, verwandelte er sich in eine Kuhle, in der tagelang das Wasser stand. Die Wohnungstür war aus Pressspan, und wenn der Nachbar die Klospülung zog, hörte man es überall. Die Nachbarn stritten sich oft, und ab und zu weinte ein Kind. Abends drang das Licht der Peitschenlaternen durch die Fenster.
Bei jedem Einzug riss sie die Tapeten runter. Meist waren es drei oder vier Lagen. Sie hätte es wie die Vormieter machen und einfach eine neue auftragen können, aber sie riss sie alle runter und schabte die Reste mit dem Spachtel ab, bis ihr die Handknöchel bluteten und Marie die Blasen zählen konnte im Beton.
Manchmal ging sie abends ins Kino. Eine Frau erschoss den Mörder ihrer Tochter im Gerichtssaal. Die Tochter war auf dem Schulweg einem Mann begegnet und mit ihm mitgegangen, der sie erst vergewaltigt und dann umgebracht hatte. Der Film beruhte auf einer wahren Begebenheit und zeigte die Ausweglosigkeit der Tat. Sie schaute sich den Film mehrmals an. Es machte einen Unterschied, ob man etwas sah, das man sich nicht erklären konnte, oder ob man es sich ansah, um es sich zu erklären. Das Schreckliche zum Schönen, das Schöne zum Schrecklichen, beides hebt einander auf und bringt eine gleichgültige Empfindung hervor.
Einmal kam sie nach dem Kino nach Hause und fand Marie schlafend auf dem Teppich im Flur. Sie setzte sich ein-

fach dazu und strich ihr übers Haar, da wurde sie wach, schlang die Arme um ihren Hals und hängte sich an sie wie ein Äffchen. Sie trug sie in ihr Bett und legte sie hinein, aber Marie hielt sie weiter umschlungen und drückte sich an sie und schluchzte dabei. Ist doch gut, ich bin wieder da, ich war nur im Kino. Soll ich dir vom Film erzählen? Du darfst nie mit einem fremden Mann mitgehen, versprichst du mir das? Sie strich Marie übers Haar, bis ihr Atem sich beruhigte, wir sind eine Igelfamilie, nur wir zwei, wir rollen uns ein, wir haben nur uns, aber das reicht. Als Marie endlich eingeschlafen war, legte sie sich mit offenen Augen daneben.

Sie verspürte ein schlechtes Gefühl im Mund und fuhr sich mit der Zunge über die Zähne, erst oben, dann unten. Das tat sie oft. Es war eine Entspannungsübung, bei der sie niemand beobachten konnte. Dann ging sie zum Auto zurück. Die Gänse waren weit genug entfernt, um sich durch sie nicht stören zu lassen. Neben der Fahrertür lag ein Stein. Sie bückte sich und hob ihn auf. Auf seiner Oberfläche zeichneten sich die Abdrücke von Korallen ab. Ein Sedimentgestein. Es hatte sich gebildet, als es hier statt Land noch Wasser gab und die Tiere den Kalk vom Meeresboden zum Aufbau ihrer Panzer nutzten. Später war das Eis über sie gekommen und hatte den Kalk zu einem Stein gepresst, auf dem die Schalen sich abdrückten. Immerhin. Sie steckte ihn in die Hosentasche und nahm ihn mit. Den konnte sie Marie zeigen und ihr etwas über die Eiszeit erzählen.

Vielleicht ist es ein Zeichen seiner Überforderung, dass Vater bereits mit der Flasche am Mund aufs Abendbrot wartet und dabei auf den Fernseher stiert. Sie ist noch müde von der Fahrt und darum nicht ganz aufmerksam, sodass sie beim Tischdecken eine Teetasse fallen lässt.

Bist du schon so weit, dass du unser Hab und Gut nicht mehr achten musst? Meine Tochter ist jetzt fein und studiert in Berlin, um ihr Kind kümmern wir uns ja.

Sie stellt die Untertasse auf der Wachstischdecke ab, ohne etwas zu sagen, denn darauf wartet er nur. Als sie die Gedecke ordnet, fährt er hoch und langt mit der Hand nach ihr, aber er trifft nicht, der Schlag geht ins Leere, weil sie sich wegduckt. Er schaut erst sie an, dann auf seine in der Luft hängende Hand, so etwas hat er nicht erwartet. Dann lässt er den Arm langsam sinken. Wie ein Gorilla stützt er sich mit den Knöcheln auf dem Tisch ab, bis diese ganz weiß werden, wohin nun mit der ganzen Wut? Die Wut ist wie eine Masse, die, einmal in Bewegung geraten, nicht wieder zu beruhigen ist.
So läuft er an ihr vorbei und geht hinaus. Sie geht in die Küche, um Handfeger und Schaufel zu holen. Durchs Fenster sieht sie Hans, der gerade von der Arbeit aus dem Stall zurückkommt. Das Fenster ist gekippt, sie kann alles hören.
Du hilfst mir jetzt die Holzbank umstellen, sagt Vater zu ihm und fasst seinen Arm. Hans streift die Hand ab und hebt wi-

derwillig ein Ende an, während Vater ihm zeigt, wo die Bank hinsoll. Von der Hauswand weg unter den Apfelbaum. Auf einmal setzt Hans ab, um umzugreifen, sodass Vater kurz mit dem Gewicht allein steht. Er wird rot im Gesicht und will die Bank auf Hans kippen. Der aber hat schon wieder zugefasst und fängt so den Schwung ab, den Vater ihr mitgibt.

Wenn du das noch einmal machst. Mach das noch einmal und ich schlag dich tot. Dann schlag ich mal zu.

Dann geht er und lässt Vater einfach stehen. Der schiebt die Bank nun allein bis zum Baum, es dauert eine Weile, aber am Ende steht sie da, wo sie hinsoll. Vater setzt sich, und es sieht so aus, als mache er nur eine Pause. Dann steht er auf und liegt plötzlich da wie gefällt.
Eine Weile geschieht nichts. Vater liegt auf der Erde, und Marianne sieht ihm vom Küchenfenster zu. Verschiedene Vögel zwitschern. Aus dem Apfelbaum ruft ein Täuber. In der Birke hockt krächzend eine Krähe. Eine Fliege beginnt durch die Küche zu kreisen, krabbelt an der Wand entlang und fliegt wieder auf. In der Stube läuft der Fernseher weiter.
Dann rappelt Vater sich hoch, aber wie. Der Käfer, zu dem er geworden ist, zieht erst ein Bein, dann das andere näher an den Körper, bevor er sich auf die Hände stützt und in den Vierfüßlerstand übergeht. Nun ist er ein Hund. So verharrt er eine Weile, drückt sich dann vom Boden ab und richtet sich auf. Er steht krumm und hat die Arme im Kreuz verschränkt. Also ist er ein Affe, ein Gorilla vielleicht. Schließlich setzt er sich in Bewegung. Er schwankt, aber es ist nicht mehr der Gang, vor dem man sich in Acht nehmen muss. Eher ein Schlingern.

Langsam geht er durch die Küche an ihr vorbei, sie kann kaum verstehen, was er sagt.

Du fegst die Scherben auf. Gut so.

Die Lider hängen ihm halb über die Augen, als er beim Abendbrot mit ungelenken Bewegungen den Tee zur Hälfte mit Rum auffüllt und sich dabei Pfützen bilden. Lass mich, herrscht er Mutter an, als sie ihm das Teeglas zurechtrücken will.
Niemand spricht. Nur der Fernseher läuft. Erst als alle schon essen, kommt Hans in die Stube und setzt sich mit an den Tisch.

Wo warst du so lange?, herrscht Vater ihn an.
Geht dich nichts an.
Und ob mich das was angeht, brüllt er, nimmt seine Tasse und schüttet Hans den Tee ins Gesicht.
So, das war's, schreit der, springt auf und eilt aus dem Haus.
Dass du immer so streng mit dem Jungen bist, sagt Mutter. Wo der jetzt hingehen wird.
Der Junge hat zu gehorchen. Sonst hat er nur Flausen im Kopp.

Aber Hans kommt nicht zurück. Stattdessen geht er in den Schuppen. Etwas hat seine Seele stark beschädigt und es ist Zeit, dass er Rücksicht darauf nimmt. Er öffnet den Werkzeugschrank. Dort stehen je eine Flasche Klarer und Brauner. Er nimmt die braune, weil die schon offen ist, schraubt den Verschluss ab und setzt an.

Die Wirkung tritt auf der Stelle ein. Das Zeug brennt in der Kehle und lässt ihn husten. Er spürt, wie der Schnaps die Speiseröhre runterläuft und den Brustkorb von innen erhitzt, bis er den Magen erreicht und sich dort ausbreitet wie ein warmer Umschlag. Er nimmt noch einen Schluck und dann noch einen, bis das Brennen verschwunden ist. Zum ersten Mal war er stärker als sein Vater. Er denkt an sein Gesicht, als er ihn mit der Bank in der Hand einfach stehen ließ. Das lässt ihn auflachen, bis er sich wiehernd auf die Schenkel klopft. Hier trinkt der Alte sich also den Mumm an, den er braucht, um zuzuschlagen. Aber mutig ist er auch, und er wird schon noch allen zeigen, was in ihm steckt. Er steckt die Flasche ein und verlässt den Schuppen. Am Zwinger wirft sich der Hund gegen die Stäbe.

Oller Köter. Hast mir die längste Zeit Angst gemacht.
Hier hast du was Gutes.

Hans holt die Flasche aus der Tasche und gießt dem Hund Schnaps über die Schnauze. Sofort hört der auf zu bellen, leckt nach der Flüssigkeit und winselt, als Hans lachend die Flasche einsteckt, sich aufs Moped setzt und zurück zum Stall fährt.
Die Schweine drängen gegen die Gitter, als sie ihn sehen. Sie kennen ihn, sind seine treuesten Freunde, denn sie wissen, was sie an ihm haben. Er nimmt die Schaufel und wirft noch mal ordentlich Futter in die Tröge, die sollen es gut haben heute. Die Schweine quieken und stürzen an den Trog und trampeln aufeinander rum und beißen sich gegenseitig in die Schwänze. Ey, brüllt er und knallt einigen mit der Schaufel auf den Arsch, hört auf.

Doch die Schweine achten nicht auf ihn, sie grunzen und stürzen immer wieder an den Trog.
Er lässt sich fallen und schaut seinen Tieren ins Gesicht, aber kein Schwein kümmert das, und es ist doch egal, wenn hier alles den Bach runtergeht. Wie der Alte ihn immer traktiert. Das ganze Leben ein Ducken. Die achte Klasse hat er nur bestanden, weil das Land keine Schulabbrecher wünscht. Danach hieß es ab in den Stall, weil der Alte es so wollte, und das ist das, was er tagaus, tagein sieht. Überall Schweine und das größte sitzt zu Haus.
Den Schweinen gibt er manchmal von dem ab, was Vater sich für ihn aufspart. Sie bleiben ihm trotzdem gut, weil er ihnen danach immer zu fressen gibt. Er tut sich selbst ganz leid und fängt an zu heulen.
Er setzt die Flasche an, aber die ist leer. Wütend haut er damit auf den Boden, bis sie zerbricht. Dann dreht er die Hand. Sie ist voller Splitter, Blut quillt hervor. Es füllt seine Handfläche, bis ein kleiner See entsteht. Er sieht zu, wie es runtertropft und das Stroh einfärbt. Die Schweine quieken und drängen zum Blut.
Scheiße noch mal, brüllt er und schüttelt die Splitter ab. Dunkle Tropfen fallen auf den Boden. Er wischt die Hand am Stroh ab, es brennt, das ist eure verdammte Scheiße, brüllt er die Schweine an und schleudert den Mist in den Trog. Die Schweine stört das nicht, sie graben die Schnauzen ins blutige Stroh.
Ihr habt sie doch nicht mehr alle, brüllt Hans, keiner kann ihm mehr was, er wird ihnen jetzt mal zeigen, wie man Feuer unterm Hintern macht.
Mit der heilen Hand holt er ein Feuerzeug aus der Jacke und hält die Flamme einem Schwein an den Schwanz. Das springt

wie von der Tarantel gestochen vom Trog weg nach hinten. Sofort drängt ein anderes nach.
Sau, brüllt er und hält die Flamme dem nächsten Tier an den Schwanz. Das macht einen Satz und drückt seine verletzte Hand gegen das Gitter. Er brüllt vor Schmerzen und lässt das Feuerzeug fallen. Es fällt ins blut- und schnapsgetränkte Stroh, das sofort brennt. Flammen züngeln auf und es bildet sich Rauch, der die Schweine unruhig werden lässt.
Scheiße, denkt Hans verschwommen und hält sich die blutende Hand. Die Schweine stieben panisch auseinander und trampeln sich gegenseitig nieder, während das Feuer wächst und sich Qualm unter der Stalldecke ballt.
Scheiße, brüllt Hans und läuft hinaus, das immer hellere Quieken der Schweine im Ohr.

In der Nacht schreckt Marianne aus dem Schlaf, weil jemand ins Zimmer kommt. Sie macht die Nachttischlampe an, es ist Hans. Sei leise, zischt sie ihn an, du weckst sonst das Kind. Sein Gesicht glänzt fettig im Schein des Lichts, seine Augen sind von roten Adern durchzogen, die Kleidung rußverschmiert. Vorne im Schritt ist ein Fleck. Er schwankt und hält sich am Bettpfosten fest. Es stinkt nach Schnaps und Rauch und Schweinemist.

Was ist los mit dir?
Ich hab was getan.
Was denn?
Ich hatte diese Wut. Kann ich zu dir ins Bett?
Du bist zu alt dafür.
Wie früher.
Das von früher, das geht nicht mehr.

Da lässt er sich schon fallen, einfach nach vorne kippen. Marianne schlägt ihm ins Gesicht, da kommt er wieder zur Besinnung.
Au, schlag mich nicht. Er fasst sich an die Stelle und grinst. Der Alte kann mich mal. Der schlägt keinen mehr. Und jetzt lass mich schlafen.

Von der Teppichstange hing der Kadaver eines Kaninchens. Es war schon abgepelzt. Hans musste es während ihrer Abwesenheit geschlachtet haben. Ein armseliges Stück Fleisch, mehr ein Gerippe, das da blaurot und ohne Ohren kopfüber am Haken hing. Das konnte irgendetwas sein. Sie bemühte sich, nicht hinzuschauen, und huschte schnell unter der Stange durch. Dann ging sie zum Hundezwinger und sah nach, welches von ihnen fehlte. Der obere Käfig war leer. Es musste der Bock sein, denn weiter unten lag die Alte und in den anderen Käfigen waren die Jungen. Hans musste sie umgesetzt haben. Sie fiepten und stoben auseinander, als sie näher trat. Nur die Alte kam auf sie zu und beschnupperte ihre Hand. Sie nahm etwas Futter von der Schubkarre und hielt es ihr hin.

Im Radio lief Schlagermusik, die vom Verkehrsfunk unterbrochen wurde. Mutter saß in der Stube am Tisch und hielt sich ein Taschentuch an den Mundwinkel.

Was ist mit dir?
Nichts. Ich hab mich gekratzt.
Zeig mal.

Sie nahm ihr das Tuch aus der Hand. Der Zellstoff war bereits nass, aber das Blut hörte nicht auf zu fließen, es rann ihr an der Wange herab die Kehle hinunter und bis zum Schlüsselbein.

Halt still, sagte sie und nahm ein neues Tuch aus der Packung. Ich wisch es dir ab.
Sie drückte dagegen, aber das Blut quoll immer weiter.

Du musst irgendeine Stelle erwischt haben.

Mutter saß vor ihr und rührte sich nicht. Nur an ihrem Atem war zu spüren, dass sie Angst hatte. Sie konnte sich nicht daran erinnern, ihr jemals so nah gewesen zu sein oder sie in dieser Form berührt zu haben.

Wie lange hast du das schon?
Was?
Dass das Bluten nicht aufhört.
Irgendwann lässt es nach. Es dauert nur lange.
Damit musst du zum Arzt.
Ach, was soll ich da. Gehst du gesund zum Arzt, kommst du krank zurück. Es ist nur ein Kratzer.
Und wenn du dich mal schneidest?
Das hört wieder auf.

Das Taschentuch war rot getränkt. Sie nahm ein neues und wischte ihr das nachquellende Blut aus dem Gesicht. Es roch süßlich und legte sich über den Geruch von Erde, der von ihrer Haut ausging. Mutter hielt die Finger ineinander verschränkt, als kralle sie sich an sich fest. Etwas Blut war ihr auf die Hände getropft. Sie tupfte es ab.

Wo warst du eigentlich?
Spazieren.
So lange?

Mir war danach. Wo hast du die Pflaster?
Im Nähtisch.

Sie holte ein Pflaster und schnitt es zurecht, dann drückte sie es vorsichtig auf die Stelle.

Das müsste gehen.

Mutter zuckte unter der Berührung zusammen, hielt jedoch still. Ihre Wangen waren eingefallen. Auch im Gesicht hatte sie abgenommen. Der Kopf kam ihr klein vor, fast so groß wie der von Marie. Wie ein Hühnerkopf saß er auf dem dünnen Hals. Auf einmal wirkte sie sehr zerbrechlich.

Kann ich mal telefonieren?
Das Telefon steht auf dem Nähtisch. Du musst langsam wählen.
Ich kenn das.

Sie ging ins Wohnzimmer, nahm den Hörer ab und wählte. Nach jeder Zahl tutete es.
Maries Stimme klang abwartend. Es knackte, ein paar Silben wurden immer verschluckt.

Was ist, Mama?
Geht es dir gut?
Ja. Warum fragst du?
Nur so.
Mama, ich hab jetzt keine Zeit. Wir färben uns gerade die Haare.
Hab ich dir das erlaubt?

Bist du hier, um es mir verbieten zu können?

Sie wollte antworten, aber ihre Stimme blieb aus. Marie würde sowieso nichts drauf geben.

Morgen bin ich wieder zurück.
Weiß ich. Bring mir was mit.

Sie legte den Hörer auf und kam zurück in die Küche. Mutter saß unverändert da, die blutbesudelten Tücher vor sich auf dem Tisch. Als wartete sie auf etwas.

Wie geht es Marie?
Gut.
Ich kenn sie ja gar nicht.

Der Vorwurf in Mutters Stimme war nicht zu überhören. Sie hatte die passende Antwort schon auf den Lippen, ließ es aber sein. Es wäre nur der Anfang von etwas gewesen, von dem nicht abzusehen war, wohin es führte.
Mutter hatte Kaffee gemacht und die Kuchenreste von gestern dazugestellt. Sie nahm sich ein Stück Marmorkuchen und tunkte es in den Kaffee. Etwas Teig löste sich und verschwand in der Tasse.

Hans sagt, das Dach muss neu gedeckt werden. Und die Birken müssen weg. Immer das ganze Reisig im Herbst, wer soll das aufsammeln? Nachher stürzt mir noch eine aufs Dach. Und die Obstbäume gebe ich auch auf, das wird mir alles zu viel. Lieber nur Rasen.

Mach, was du willst.
Und du?
Ich fahre wieder.
Was ist mit hier?
Womit?
Mit dem Haus. Wenn ich nicht mehr bin.
Hans ist doch da.
Hans kann das Haus doch nicht halten. Und dann kommt noch jemand und nimmt es ihm weg.
Wer soll da kommen?
Jemand von drüben. Man hört es überall. Willst du nicht wiederkommen?
Ich bin glücklich da, wo ich bin.
Es ist dein Elternhaus.
Es ist sein Haus.
Es war nicht seine Schuld, Marianne.

Am nächsten Morgen holen sie ihn ab. Vater sitzt auf der Couch, die Hände um eine Bierflasche gelegt. Er ist grau im Gesicht, als der Polizist eintritt.

Deinen Jungen müssen wir mitnehmen, Otto. Der hat was angestellt.

Er sieht nicht hin, als sie Hans in die Mitte nehmen und abführen. Nur seine Hände zittern. Dann steht er mühsam auf und geht in den Schuppen. Seit dem Sturz macht ihm sein Kreuz zu schaffen und das Bücken fällt ihm schwer. Der Junge hatte immer eine starke Hand gebraucht, so war das, und es hatte sich wieder bestätigt.

Mutter bleibt in der Küche zurück, sie steht da mit dem Waschlappen in der Hand und schaut ihrem Sohn durchs Fenster hinterher, bis Marianne, die gerade das Geschirr abtrocknet, ihr das Tuch hinhält, denn die Abwäsche ist schon leer.

Das Kind bemerkt die ungewohnte Spannung, die von den Männern mit den Mützen ausgeht. Es klettert in der Stube auf die Couch und sieht von dort durchs Fenster die Männer den Plattenweg hochgehen.

Marianne sieht nicht, wie das Kind in ihrem Rücken durch die Küche läuft, Hans und den Polizisten hinterher. So sieht nur ihr Kind, wie Hans sich noch mal umdreht, bevor er ins

Auto steigt. Am Tor bleibt es stehen und winkt dem fahrenden Auto hinterher. Es hat gelernt zu winken, wenn jemand das Haus verlässt. Dann läuft es zurück, es ist noch etwas unsicher auf den Beinen.

Der Vater steht ächzend im Schuppen von seinem Stuhl auf, er muss sich dafür abstützen, das liegt am Kreuz, vielleicht aber auch an der Flasche Korn, die halb leer auf der Werkbank steht. Dann schwankt er zum Zwinger. Er will noch mal mit dem Hund gehen, bevor es Mittag gibt, das Tier kann ja nichts dafür. Der Hund beginnt zu knurren, als er den Zwinger öffnet und ihm die Leine anlegen will, was ist mit dir, herrscht er ihn an und haut ihm einmal mit der Leine auf die Schnauze, tanzt du mir auch schon auf der Nase rum.

Und jetzt?, sagt Marianne zu ihrer Mutter und hängt das Handtuch weg, mit dem sie bis eben Tassen abgetrocknet hat.
Was soll nur werden? Ich muss Mittag machen. Hol mir mal Kartoffeln aus dem Keller.

Das Kind steht jetzt im Hinterhof und sieht zu, wie der Vater mit dem Hund zugange ist. Dort bewegt sich was, das findet es spannend. Es läuft ein paar Schritte auf die beiden zu. Der Hund fängt an zu bellen und sträubt sein Fell, als Vater ihm die Leine am Halsband festmachen will, verdammt noch mal, brüllt der, was ist denn heut nur los, will ihm denn gar keiner mehr gehorchen.

Das Bellen des Hundes erschreckt das Kind. Es gerät ins Stolpern, fällt hin und fängt an zu weinen.

Der Hund reißt sich plötzlich los – oder lässt Vater das Halsband fallen?, verdammich noch eins, warum greift er in letzter Zeit so oft daneben? – und stürzt bellend auf etwas hinter seinem Rücken zu.

Dann dehnt sich die Zeit und zieht sich auseinander, bevor sie sich zu einem Knäuel ballt, und der Tod gleitet mit der Sense zärtlich den Faden entlang und setzt an zum Schnitt, während Marianne im Halbdunkel des Kellers die auskeimenden Kartoffeln in den Eimer wirft und die Mutter die Abwäsche schließt, als der Vater sich umdreht und sieht, wie der Hund auf das Kind zuschießt, es zu Fall bringt und sich in einen der Arme verbeißt, die es hochgerissen hat, bevor er das Luftgewehr anlegt, das neben dem Gatter am Schuppen lehnt, und auf den Hund zielt und schießt, nachlädt und schießt, bis dieser mit den Hinterbeinen zusammensackt, Auge in Auge mit dem Kind, das sich nicht rührt und keinen Ton von sich gibt, bis es auf einmal zu brüllen beginnt und Marianne den Kartoffelkorb im Flur einfach fallen lässt, sodass die Kartoffeln herauskullern, und in den Hof läuft und dort den Hund halb auf ihrem Kind liegen sieht und den Vater daneben, wie er versucht, dem Hund das Gebiss aufzuhebeln, und das Kind wie ein Berserker brüllt, noch brüllt, denkt etwas in ihr und prüft noch kühl die Möglichkeiten, die sich daraus ergeben, als sie selbst schon schreit und wie wild auf ihren Vater einschlägt, der endlich das Gebiss aufgebrochen hat und den Hund zur Seite schiebt, indessen das Kind mit den Augen flattert und ganz blass ist, bevor es das Bewusstsein verliert; und während Marianne es an sich reißt und mit ihm zum Nachbarhaus rennt, wo es ein Telefon gibt, bleibt der Vater neben seinem Hund hocken, der leblos auf der Seite liegt und ihm den Bauch entgegenstreckt, bis schließlich auch die Mutter im Kittel um die Ecke kommt und ihren Mann sieht, wie er neben dem Hund sitzt und ihm mit einer Hand über das Fell streicht, daneben verläuft eine Blutspur im Sand, da hält sie sich die Hände vors Gesicht, wie um zu ersticken, was sie ruft, wir sind verflucht.

Ein letztes Mal lief sie runter zum See. Auf der Wiese stand Hans mit der Sense und mähte Gras. Sie ging ihm langsam entgegen. Er hielt den Kopf gesenkt und schaute nur auf den Meter vor sich, während er die Sense durchs Gras zog und es vom Boden trennte, sodass es kurz in die Luft flog und sich dann wie ein Teppich legte. Erst als er ihre Füße sah, blickte er auf.

Was willst du? Ich hab zu tun.
Was hast du mit der Katze gemacht?
Die is weg.
Du Schwein.
Wenn es ein Kater gewesen wäre.
Was dann?
Das wäre etwas anderes. So aber. Jedes Jahr die Schereien mit den Jungen.
Hast du sie ertränkt?
Kann dir doch egal sein. Und jetzt lass mich mähen. Die Kaninchen werden auch nicht von selbst fett. Mutter sagt, du warst mit meinem Auto unterwegs.
Kurz.
Du hättest mich fragen sollen.
Du warst angeln.
Jedenfalls brauche ich es morgen. Mutter sagt auch, sie hätte mit dir über das Haus gesprochen.
Und? Ich will es nicht.
Dann ist ja gut.

Er setzte wieder an zu mähen und beachtete sie nicht mehr. Sie ließ ihn stehen und hockte sich noch einmal auf den Steg. Der See bildete eine glatte dunkle Fläche. Er nahm regungslos alles in sich auf, was sie mit sich beriet. Der See war ein Loch, ein Hohlraum für vieles. Der See war ein Loch und die Erinnerung auch. Vom Steg aus konnte sie die Rücken der Fische sehen, die jedes Jahr nachwuchsen. Ein paar Schwalben flogen hin und her und schmiegten ihre Körper immer wieder kurz ans Wasser.
Etwas begann an ihr zu rühren, nur was, wurde nicht klar. Sie sprach Sätze, die sie bisher nur gedacht hatte, halblaut vor sich hin und hatte das Gefühl, dass sie sich verfestigten. Mit jedem Satz richtete sich etwas in ihr auf und stellte Fragen. Wie sich das anfühlt mit der Erinnerung: als müsste man sein eigenes Bergwerk graben. Das war so, wie mit gutem Willen zu hassen und sich darüber sicher zu sein. Sich hundertmal im Stillen zu sagen, dass jemand ein elender Säufer ist, bevor man es ihm zum ersten Mal ins Gesicht sagt. Die Wut, die dabei entsteht, ist das Einzige, was noch mithalten kann, aber sie macht gleichzeitig blind, weil sie den Blick verengt und einen nur das sehen lässt, was bereits geschehen ist. Gar nichts wird damit vergolten, nur immer wieder neuer Schaden angerichtet, bis schließlich niemand mehr weiß, was man sich eigentlich antut mit dem ständigen Aufrechnen dessen, was man sich angetan hat. Dieser verdammte Jähzorn in der Familie ist wie ein Fliegenfänger, an dem man kleben bleibt. Und immer schaut dich jemand aus dem Abgrund an.
Sie versuchte sich vorzustellen, wie Marie im Bett lag und schlief. Ihre Atemzüge waren kaum hörbar, ihr Mund stand leicht offen, am Mundwinkel hing ein Speichelfaden. Auf

den Ohren saß noch der Kopfhörer, daneben lag der Walkman. Die Bettdecke hatte sich verschoben und gab den Blick auf ihre noch geraden Beine frei. Nicht mehr lange und sie würde kein Kind mehr sein. Auf einmal drehte sie sich und rollte sich wie eine Katze ein. Ihre Haut war glatt. Nur an einem Arm hob sich hell die Narbe ab.
Du bist als kleines Kind mit einem Glas in der Hand losgelaufen, gestolpert und in die Scherben gefallen, erklärte sie ihr immer, wenn Marie fragte, woher die Narbe stammt.

Und dann?
Es hat sehr geblutet und musste genäht werden.
Und was habe ich dabei gemacht?
Gar nichts, du hast geschlafen.

Marie war stolz auf ihre Narbe, sie zeigte sie gern und erzählte die Geschichte dazu. Sie genoss es, dass ihre Tochter so frei von sich erzählte, gleichzeitig versetzte es ihr einen Stich. Wie will das Enge das Weite auch jemals auf seine Größe bringen?

Vor ihrer Abreise hatten sie sich wieder gestritten. Eigentlich war es um nichts gegangen, Marie wollte abends allein zu einer Feier, was sie ihr verbot mit der Begründung, sie sei noch zu jung dafür. Marie hatte das nicht akzeptiert und mit ihr zu diskutieren begonnen, bis ein Wort das andere ergab und in ihr eine hilflose Wut erzeugte, die Marie nur noch weiter anstachelte.

Für alles bin ich dir zu jung. Selbst wenn ich älter wäre, würdest du mich nicht gehen lassen.

Das ist meine Entscheidung.
Und du bestimmst also über mein Leben?
Bis du achtzehn bist, schon.
Ist ja sonst niemand da, der mir helfen würde.
Wie meinst du das?
Mein Vater ist doch auch gegangen.
Sag das noch mal.
Bei dir wär ich auch nicht geblieben.

Dann war alles ganz schnell gegangen und Marie hatte sprachlos vor ihr gestanden und sich mit der Hand an die Wange gefasst, auf der sich ein roter Abdruck abzeichnete.

Ist das alles, was du kannst?

Weinend lief sie ins Bad und schloss sich ein. Sie folgte ihr und stand so lange reglos vor der Tür, bis Maries Schluchzen leiser wurde. Erst dann klopfte sie.

Marie.
Stille.
Es ist so passiert.
Stille.
Es kommt nicht wieder vor.
Geh weg, drang es gedämpft durch die Tür.
Nein.
Dann geh ich eben.
Wohin willst du denn?
Geht dich nichts an.
Du weißt, ich fahre morgen. Der Kühlschrank ist voll.
Zum Schlafen gehst du zu deiner Freundin. Ich habe

dir einen Zettel geschrieben, für alle Fälle. Er liegt in der Küche auf dem Tisch.

Sie wartete noch eine Weile, dann ging sie ins Schlafzimmer und packte ihre Sachen. Als sie den Badschlüssel hörte, hielt sie inne. Marie war zurück in ihr Zimmer gegangen. Sie ließ den Pullover fallen, den sie gerade in der Hand hielt, und setzte sich aufs Bett. Die Scham brannte ihr auf der Wange, als hätte nicht sie Marie geschlagen, sondern Marie sie. Es war nur eine von vielen Auseinandersetzungen. Sie kamen in letzter Zeit häufiger vor und ließen sie mit dem hilflosen Gefühl zurück, dass Marie sie absichtlich provozierte und sie ihr damit in die Falle ging. Manchmal widersprach sie aus einer Laune heraus, manchmal war es ihr ernst. Es versetzte sie in eine Wut, die sie dazu trieb, Marie erst anzuschreien und sich hinterher dafür zu schämen, ohne es ihr sagen zu können. Allerdings war ihr noch nie die Hand ausgerutscht. Ihr wurde schlecht bei dem Gedanken daran. Was nützte es zu wissen, warum sie so reagierte, wenn das Wissen immer erst hinterher kam. Dieser verdammte Jähzorn machte auch vor ihr nicht halt. Marie entglitt ihr. Lange würde es nicht mehr dauern. Manchmal hatte sie schon diesen befremdeten Blick in den Augen, der ihr das Gefühl gab, an Maries Leben nicht mehr beteiligt zu sein. Nach der zehnten Klasse wollte sie für ein Jahr ins Ausland gehen. Für ihre Tochter stand die Welt offen. Sie dagegen hatte nichts anderes. Ihr Zuhause war Marie. Je weiter sich das Kind von ihr entfernte, desto kleiner würde es.

Ein Schilfrohr trieb lose im Wasser und wurde von den Wellen an den Steg geschwemmt. Sie fischte es heraus und schälte das Innere aus der Hülle. Dann rollte sie das Rohr wieder zusammen und blies hinein. Es gab einen hellen Ton von sich, der wie das Sirren einer Mücke klang. Sie blies, bis es verstummte. Vorsichtig rollte sie es wieder auseinander, um den Speichel rauszustreichen, aber es zerriss ihr unter den Fingern. Sie warf es zurück ins Wasser. Es schwamm auf den Wellen wie ein Papyrusboot. Dann trieb es langsam ab.

In solchen Schiffen mussten die Menschen versucht haben, aufs Meer zu flüchten, als der Vesuv ausbrach. Die meisten aber wurden im Schlaf überrascht und so plötzlich von der heißen Aschelawine überrollt, dass von ihnen nur Hüllen übrig blieben, Inklusen, wie man sie sonst nur im Bernstein zu sehen bekam.

Ein erneuter Ausbruch war jederzeit möglich. Ein leichtes Zittern auf den Skalen der Messgeräte, vereinzelte Beben mit geringer Stärke, die sich zu einem Schwarm auswachsen. Die Vögel hören auf zu singen und verhalten sich still unter dem Wind, der plötzlich aufkommt und an den Pinien zerrt. Die Tiere werden unruhig und verkriechen sich. Die Temperatur steigt an. Auf einmal schlagen die Nadeln bis zum Anschlag aus. Der Gipfel verformt sich, die Bergoberfläche schwillt an, Magma steigt lautlos aus einer der Kammern auf, die sich über die Jahre unter dem Berg gebildet haben, und schießt mit lautem Knall gen Himmel. Die Eruptionssäule steigt auf und nimmt die Form einer Pinie an, bevor sie in sich zusammenfällt und sich als Ascheregen auf das Land ergießt. Anfangs regnet es verkohlte Blätter, dann grauen Graupel, dann kleinere, dann immer größere Brocken Bimsstein, und schließlich gehen schwere Felsbrocken nieder, während die Luft einem die Lunge verbrennt, der Berg sich öffnet und aus seinen Spalten das Magma als Lava nach draußen dringt.

Sie stand auf und ging wieder zurück. Hans saß im Bootsschuppen und sortierte Köder. Neben sich hatte er eine Angel gelegt. Sie ging weiter, ohne ihn noch einmal anzusprechen, kehrte ins Haus zurück und legte sich hin. Ganze Sonntage hatte sie so im Bett verbracht und die Sonne verflucht und sich das Licht aus den Augäpfeln gestarrt. Und warum? Weil die Erinnerung sie umklammerte wie ein Eisenring das Fass, in das sie jedes Mal fiel wie der Frosch in ihrer Lieblingsgeschichte als Kind. Nachdem er in den Milchtopf gerutscht war, schlug er so verzweifelt mit den Beinen, dass die Milch erst schäumte, dann stockte und zu einem Berg Sahne gerann.

Die Nacht über lag sie mit offenen Augen da, es war, als ob sich die vergangenen Nächte auf sie legten und in ihr zusammenfielen, bis sie an ihnen zu ersticken drohte. Jahrelang das Gefühl, kein liebenswerter Mensch zu sein, weil niemand einen liebt. Das kriegt man von zu Hause mit. Das nimmt einen mit. Das geht nie weg. Das dringt als bitterer Geschmack immer wieder auf die Zunge, wenn von Familie die Rede ist. Als würde man sich die Lippe aufbeißen, bis sie blutig ist und metallisch schmeckt, und dann trocknet die Wunde und man reißt einen überstehenden Fetzen ab, sodass es wieder blutet.

Sie versuchte zu schlafen, aber es gelang ihr nicht. Es war, als hätte ihr Bewusstsein sie an die Kette gelegt. Immer dann, wenn die Bilder sich einstellten, riss es sie in ihre Gedanken zurück. So blieb sie unerholt, nur die Augen brannten und die Lider wurden dick.

Vor Anbruch des Morgens stand sie auf. Sie nahm ihre Tasche und legte die getragene Kleidung hinein. Auf einmal fiel ihr der Bär in die Hand. Sie zögerte kurz, legte ihn dann mit dazu und verließ das Haus, um in die Stadt zu laufen. Es war kalt, aber das spürte sie kaum.
Trotz lilafarbener Drahtstühle mit Plastiküberzug wirkte das Bahnhofsgebäude verlassen. Die Uhr war stehen geblieben, in einem der Fenster fehlte das Glas, es war stattdessen mit Pappe verschlossen, auf der Aushänge klebten. Auf einem davon stand: *Erich von Däniken. Multivisionsschau. Die großen Rätsel dieser Welt.*
Die Hauswand neben der Eingangstür roch nach Urin. Dort, wo die Pisse langgelaufen war, zeichnete sich ein Rinnsal auf dem Boden ab. In einem Kasten an der Wand hingen gelbe und weiße Plakate, die die Ankunfts- und Abfahrtszeiten der Züge bekannt gaben. Ihre Farbe war bereits ausgeblichen. Sie ging durch die Vorhalle auf den Bahnsteig. Auch dort wieder lilafarbene Stühle. Sie setzte sich und stellte die Tasche ab. Jetzt spürte sie die Kälte und begann zu frieren. Es war ein ständiges Frösteln, von dem sich nicht sagen ließ, ob es von der Müdigkeit kam oder von der Kälte.
Neben den Stühlen stand ein Kaugummiautomat. Sie warf eine Münze ein und drehte den Schalter einmal rum, bis der Kaugummi in die Klappe rollte. Es war eine rote Kugel, die beim Zerbeißen knackte und nur langsam geschmeidig wurde. Nach ein paar Minuten war die Süße bereits wieder verschwunden und der Kaugummi zu einer zähen Mas-

se geworden. Sie spuckte ihn aus und ging zum Automaten zurück. Neben dem für Kaugummi stand noch einer mit Spielzeug. Sie warf eine größere Münze ein und holte ein Plastikei aus dem Gerät, in dem eine grüne Hand steckte, die überall dort, wo man sie hinwarf, kleben blieb. Sie schlug erst nach der Bank, dann nach sich. Danach war die Hand zu staubig, um noch irgendwo haften zu bleiben.
Die Anzeigetafel ließ klappernd die Namen der Städte fallen, bis Berlin erschien. Der Zug fuhr mit quietschenden Bremsen ein, dass sie sich die Ohren zuhielt. Das Abteil war noch leer. Sie setzte sich in Fahrtrichtung und lehnte sich zurück.

Das Licht im Zug ließ die Konturen der Sitze unnatürlich scharf hervortreten. Sie streckte die Beine aus und spürte, wie etwas Hartes gegen ihren Oberschenkel drückte. Es war der Stein, den sie auf dem Feld eingesteckt hatte, um ihn Marie mitzubringen. Er hatte sich in den Brief gebohrt, den sie ihr erst geschrieben und dann doch mitgenommen hatte.
Sie zog beides heraus und glättete den Brief. Es war Angst gewesen, die sie die Reise gegenüber Marie hatte verheimlichen lassen. Angst, dass sie ihr nicht verzeihen oder zumindest so tun würde, um etwas zu haben, was sie voneinander trennte. Und dass sich dann alles, was sie an Erklärungen hervorbringen würde, wie Ausflüchte anhörte, bis ihr die Worte ausgingen und sie mitten im Satz abbrach, eingeschüchtert vom Blick ihrer Tochter, als wäre nicht Marie das Kind, sondern sie.
Sie nahm den Brief, zerknüllte ihn wieder und drückte ihn in den Mülleimer, der unter das Fenster montiert war. Er

war voll, sie musste den Papierball hineinstopfen, und es dauerte, bis sich die Klappe richtig schließen ließ.
Aus dem Lautsprecher drangen die Anfangstöne der Erkennungsmelodie für das Bundesland, durch das sie gerade fuhren. Bis Berlin würde es noch einmal wechseln. Dann kündigte die automatische Stimme den nächsten Halt an. Ein paar Leute standen auf dem Bahnsteig. Zwei Männer und eine Frau stiegen zu ihr ins Abteil. Die Männer setzten sich in ihre Nähe und erzählten sich halblaut Anekdoten von der Arbeit. Dann tippte einer den anderen an und wies zur Frau, die mit ihnen eingestiegen war. Sie schob das Fenster hinunter, hielt den Kopf raus und atmete mehrmals lautstark ein. Erst als der Zug seine volle Fahrt aufgenommen hatte, schloss sie das Fenster, breitete die Arme aus und ließ sie wieder sinken.

Wem's gefällt, sagte der eine zum anderen.
Muss ja nicht, antwortete der andere nur.
Was?
Gefallen.
Dann grinsten beide.

Die Frau sah sich nach ihnen um. Ihre Haare waren rot gefärbt, ihre Ohrringe reichten fast bis auf die Schultern und klackerten bei jeder Kopfbewegung. Sie trug ein blau-weißes langes Batikkleid. Es schien sie nicht zu kümmern, dass die Männer sich über sie lustig machten.

Geht es Ihnen gut?
Alles bestens.
Das ist schön.

Plötzlich ruckte der Zug, bremste scharf ab und kam zum Stehen. Die Frau geriet aus dem Gleichgewicht und stieß seitlich gegen einen Sitz. Sie schrie kurz auf.
Nun mal langsam mit den jungen Pferden, rief einer der Männer ihr zu.
Hastig setzte sie sich auf ihren Platz. Ihre Bewegungen hatten jegliche Selbstsicherheit verloren.

> Was das wohl wieder war?
> Vielleicht ein Tier.
> Oder einer, der sich vor den Zug geworfen hat. Passiert ja häufiger in letzter Zeit.
> Und man selbst kommt zu spät zur Arbeit und da fragt keiner danach, warum. Was das für einen bedeutet in diesen Zeiten, interessiert auch niemanden. Überall hört man nur von Entlassungen.

Mit einem Ruck setzte sich der Zug wieder in Bewegung. Die Männer stellten die Unterhaltung ein und holten in Pergamentpapier verpackte Schnitten aus ihren Taschen.
Sie wandte den Blick ab, um nicht auch noch zur Zielscheibe zu werden, und sah hinaus. Die Sonne brach hell durch die sich auflösenden Wolken. Ein Wetterwechsel deutete sich an. Mit ihm würde auch die Kälte verschwinden. In der Hand hielt sie noch immer den Stein. Sie stellte sich vor, wie sie ihn wortlos neben das bemalte Mauerstück auf Maries Schreibtisch legte und Marie sie irritiert anschaute und sie dann wie zur Entschuldigung zu erzählen begann. Sie dachte sich Fragen aus, die Marie stellen könnte, und überlegte sich Antworten dazu. Noch anderthalb Stunden bis Berlin. Irgendwas würde sich schon ergeben.

Ich danke Olga Grjasnowa, Julia Eichhorn
und Andreas Paschedag.